狸穴の夢

ご隠居は

井川香四郎

時代小説
二見時代小説文庫

目次

狸穴《まみあな》の夢――ご隠居は福の神 5

第一話　ねずみの涙

一

仙台堀川《せんだいぼりがわ》の両岸には、御用提灯《ごようちょうちん》がズラリと並んでいた。その数ざっと百はあろうか。陣笠陣羽織姿の与力に同心数人、襷《たすき》がけの捕方《とりかた》や十手《じって》を握った岡っ引らが、ある大きな商家を取り囲んでいる。

「御用だ、御用だ」「大人《おとな》しく出てこい」「さもないと斬り捨てるぞ」

雑多な声に混じって、先頭に立つ北町奉行所の定町廻《じょうまちまわ》り同心・古味覚三郎《こみかくさぶろう》はいかつい顔をさらに険《けわ》しくして、商家の二階に向かって叫んでいた。

「十《とう》だけ数《かぞ》えてやるから、観念して縛《ばく》に付け。従わなければ、この場にて斬る。それでもよいのか」

怒鳴りつけたが、二階の窓の手摺りにチラチラと見える黒装束の男は、挑発するように帯やら着物を捕方たちに向かって投げ出す始末である。霞《かすみ》がかった雲から、わずかに月光が射しているが、黒装束の男の顔ははっきりとは見えない。

「おらおら、ヘボ役人。捕まえられるもんなら捕まえてみやがれ、すっとこどっこい」

明らかにからかっているが、状況を見れば、鼠《ねずみ》一匹通さぬ、決して逃げることができない態勢だ。それでも、黒装束は明らかに役人をからかって、女物の襦袢《じゅばん》を羽織りながら蛸踊《たこおど》りなども披露してみせた。

「下郎《げろう》……目に物見せてやる」

古味は十を数えるどころか、すぐさま踏み込むように命じようとした。

近くに立っていた商家の主人が怯《おび》えた顔で、

「中には娘がいるんです。女房と年老いたおふくろもいます。どうか早まったことだけは、しないで下さいまし。どんな凶悪な奴か分かったものじゃありませんから」

と震えながら訴えた。

「分かっておる。だが、このままでは埒《らち》が明かぬ。思い余って、娘たちに手を出さぬとも限らぬ。ここは一か八《ばち》か」

「よ、よして下さい。捕り物で一か八かなんて。賭《か》け事じゃないのですから、確実に助けて下さい。どうか、お願い致します」

拝むように両手を合わせてしゃがみ込み、古味を見上げ、

「こんな時のために、毎度毎度、袖の下をお渡ししてるのですから、どうか」

「今、言うことはなかろう」

「ですが、このままでは、娘たちが……」

主人は思い詰めたのか、とっさに窓の下に踏み出て、

「金なら幾らでもやる。蔵に行けば、千両箱が何個もある。すべて持っていってもいい。だから、せめて娘だけは……女房やおふくろはどうなってもいい。だから何もしないでおくれ。どうか、どうか」

と黒装束に哀願した。

「おまえ、そんなに貯め込んでるのか」

古味が主人を見下ろして訊いた。

「それにしちゃ、いつも少ないではないか……ま、これも今する話じゃねえな。始末した暁《あかつき》には、たんまりと……よいな」

「そんな……こ、これじゃ、どっちに脅されてるのか、分からないじゃないですか」

耐えられない顔になって、主人は天を仰ぐように合わせた両手を掲げた。

その顔に、ぽつぽつと小さな雨粒が落ちてきた。霞がかっていた雲が俄《にわか》に広がり、月の明かりも消えて、御用提灯が一層、眩《まぶ》しくなった。しだいに雨も少し強くなってくる。賊も足場が悪くなると逃げにくいが、捕縛する方も仕事がしづらくなるということだ。

「おい。最後の最後だ。大人しく出てこい。でないと……」

声を古味がかけようとすると、大きな白い花柄が染め抜かれた真っ赤な襦袢が、ひらりと宙に舞った。それは狐《きつね》か猫《ねこ》が被《かぶ》っているかのように、軽快に軒から屋根に跳び移ると、雨で濡れ始めた屋根の上を素早く走った。

提灯に照らされた真っ赤な襦袢は、鞠《まり》のように跳ねながら、商家の屋根から屋根を跳び移った。さらに二階の屋根にまで這い上がり、ぴょんぴょんと移動した。

同心や捕方たちは追いかけながら、梯子《はしご》を掛けたりしている。襦袢を被った奴が向こうへ行ったかと思えば戻ってきたり、裏に逃げたかと思えば、表に帰ってくる。曲芸でも披露しているようだった。そのうち、捕方の誰かが投げた竹槍《たけやり》が、黒装束の背中に、襦袢を突き破って命中した。

「うわあッ」

仰《の》け反《ぞ》った黒装束は足下《あしもと》が縺《もつ》れ、そのまま滑《すべ》って頭から落下した。まるで、風船か何かのように、ゆっくりと風に流されながら、浮かんでいるように見えた。

そのまま頭から地面に激突すれば、首が折れるであろう。体に刺さっている竹槍も、衝撃で体を突き抜け、死ぬかもしれない。

地面に打ちつけられる寸前——。

人影が獣《けもの》のように飛来して、黒装束をサッと受け止めた。激しい勢いに人影も一緒に転んだが、致命傷は得ずに済んだようだ。

地面にうつ伏せに倒れた黒装束に、捕方たちがドッと押し寄せた。刺股《さすまた》や竹梯子で押さえつけ、大柄な岡っ引の熊公《くまこう》が馬乗りになって、身動きできないようにした。

「う、うう……」

呻《うめ》く黒装束の上に、襦袢が舞い落ちた。それを払いのけた古味は、

「観念しやがれ。とうとう捕まえたぞ。この襦袢泥棒めが」

と十手の先で、頬被《ほおかむ》りを捲《めく》り取った。

露《あら》わになった顔は、垂れ目の情けない若者だった。

「も、申し訳ありません……この大店《おおだな》の娘さんに岡惚《おかぼ》れしちまいやして……本当です。初めてやらかしたことなんです」

言い訳めいて両手を合わせる黒装束には、隙あらば逃げようという魂胆《こんたん》が見え見えだ。古味は十手を鼻っ柱に突きつけて、ぐりぐりと廻しながら責め立てた。

「何が初めてだ。三百軒余りから、女物ばかりの襦袢が盗まれてるんだよ。てめえの仕業《しわざ》ってのは先刻承知だ。観念しやがれ」

「ち、違います……本当に……あっしはただ魔が差して、本当に……」

「それ以上のことは、大番屋で聞こうか。引っ立てろ！」

古味が命じると、黒装束を捕方がしっかりと縄で縛り上げた。

恐々と見ていた大店《おおだな》の主人に、おふくろさんらしき老婆《ろうば》が近づいてきて、黒装束の足下近くに落ちている襦袢を拾い上げた。

「なんてことを、まあ……これは歌麿《うたまろ》の浮世絵を模した錦繡《きんしゅう》の逸品なのに……破けてしまって、まあ……」

襦袢一枚のことで悲嘆にくれる老婆に、古味は声をかけた。

「そいつは残念だったな。御用のためだ、孫娘には申し訳ないと伝えておけ」

「これは私のでございますよ。ああ……」

泣き出す老婆を見て、黒装束はエッと立ち止まった。

「婆さんのかい……」

「そうだよ……なんてこと、してくれたんだい。まったく」

深い溜息をついてガックリ項垂《うなだ》れる黒装束に向かって、古味も熊公も捕方たちも大笑いした。哄笑《こうしょう》の中を連れていかれる黒装束は、ふいに路肩に倒れている人影を見た。

「う……うう……」

呻《うめ》き声を上げて、しゃがみ込んでいるのは、袖無し羽織に野袴《のばかま》姿のご近所の〝福の神〟こと、吉右衛門《きちえもん》であった。

「だ、大丈夫かい……爺《じい》さん……」

黒装束は思わず声をかけた。さっき屋根から落ちたとき、とっさに身を投げ出して抱きとめてくれたのが、この老人だと分かっていたのであろう。

「——この爺さんも、何処《どこ》か痛めたみたいだから、助けてやってくれ」

と頼んだ。が、その顔を見た古味はあっさりと、

「いいんだよ、その爺《じい》さんは。鉄の棒で叩いてもビクともしない強靭でしなやかで、しかも武芸百般の荒武者だ。ほっといても大丈夫。てめえ、年寄りに情けをかけるふりして〝逃げようたって無駄だ、無駄だ」

そう言って連れ去るのであった。

しゃがみ込んだままの吉右衛門は、手を差し出して、

「あ……本当に、私は……」

喘《あえ》ぐのも声にならず、御用提灯が無情にも通り過ぎていくばかりであった。

竹槍で破れた襦袢を惜しげに見ていた老婆も、商家の主人も吉右衛門には気付かない。堀川《ほりかわ》を往来する川舟の船頭が見つけて、深川診療所《ふかがわしんりようじよ》に担ぎ込まれたのは、すっかり雨が激しくなり、宵《よい》も深まってからのことだった。

ずぶ濡れの姿で運ばれてきた吉右衛門を見たとき、藪坂甚内《やぶさかじんない》先生も、

――一体、何事か。

と吃驚仰天《びっくりぎようてん》した。まったく腰を動かすことができず、激痛のせいか口もろくにきくことができない。腰痛が持病だとはいえ、いつもと違って、尋常ではないことが、藪坂にも分かった。

産婆でありながら骨接《つ》ぎ師でもある千晶《ちあき》も、

「これは大変だ。私には無理かもしれない。しばらく、ここで養生して下さい」

と応急手当だけをした。明日にでも、千晶の師匠を呼んでくるとのことだが、吉右衛門でも耐え難いほどの痛みが続く。この夜は、一睡もすることができなかった。

翌朝早く、高山和馬《たかやまかずま》が訪ねてきた。

一応、二百石とはいえ旗本で、吉右衛門は奉公人だから、昨夜のうちに千晶から報

せは受けていた。和馬はさほど案じておらず、またいつもの無理が祟《たた》ったものと思っていた。

夜の散歩中に、大捕物に出くわしたという事情を聞いた和馬は、大笑いをした。

「そういうことか……女の襦袢泥棒を捕らえたことは、自身番の番太《ばんた》から聞いていたが、まさか巻き添えを食らったとはな」

「本当にただの襦袢泥棒なんですか。あんなに大勢押しかけてきてましたが」

吉右衛門は大袈裟《おおげさ》に言ったのではなく、見たままを伝えたが、和馬は苦笑したまま、

「正真正銘の襦袢泥棒だ。他に金目のものが盗まれたことはないのだが、どうやら値の張る襦袢もあるそうでな、転売を狙ってた節もあるとかで、北町奉行所で調べられているそうだ。世の中、変なのが増えたな」

「さいですな……」

まだ痛みが取れない吉右衛門は、返事をするのもやっとだった。

担当医の竹下真《たけしたまこと》も傍《かたわ》らで、くすりと笑った。まだ新米で、吉右衛門から見れば孫くらいの年頃の好青年である。

「何がおかしいのですかな」

不機嫌に吉右衛門が振り返ると、

「そんな大怪我をしてまで捕らえたのが、穲袢泥棒とは、ご隠居さんにしては痛い不覚だったと思いまして」

「本当に痛いよ。早く何とかして欲しい」

「はい。承知しました……」

と返事をしたとき、また老人が担ぎ込まれてきた。

新春を迎えて峠は越したとはいえ、まだまだ寒い時節ゆえ、流行《はや》りの風邪《かぜ》と相まって具合が悪くなる年寄りは多い。

竹下は一礼すると、すぐに町火消の鳶《とび》が三人ばかりで連れてきた老人の方へ向かった。この診療所は円照寺《えんしょうじ》という破《や》れ寺を借りて営んでいるため、今でいう〝入院〟患者を受け容れているが、本堂も離れも一杯になってきている。

医師は見習いも入れて四人しかおらず、看護や介護をする者たちも、千晶を入れて数人しかいない。中には下《しも》の世話をしなければならぬ病人もいるから、かなり大変である。しかも、治療代は無料だから、ほとんどを寄付に頼っている。台所は火の車である。

診療部屋の布団に運ばれた老人を見たとき、竹下の目が一瞬、「おや」というふうに燦《きら》めいた。吉右衛門は何気なく見ていて、

「お知り合いですか？」

と声をかけた。

「あ、いえ……似た人を見たことがあるなあと……でも、遠い昔のことですから、よく分かりません……」

首を傾げたものの、竹下は老人の体を診《み》始めた。

老人は餓死寸前なほど痩せており、意識も虚《うつ》ろだった。町火消の鳶の話によると、ある長屋の火事に駆けつけたとき、近くのおんぼろ納屋も燃えていたので消したのだが、その中に倒れていたという。

長屋の者も近所の者も、この老人のことは知らないという。

「――そうですか……」

溜息をついた竹下だが、相手が誰であれ、真剣なまなざしで治療に励むのであった。

二

火事があった長屋というのは、木場《きば》の福永橋《ふくながばし》近く、長島町《ながしまちょう》にあった。

焼け落ちたのは三分の一ほどだが、まだ燻《くすぶ》っていて残骸が散らばっており、建て直さなければなるまい。家主《やぬし》や町名主《ちょうなぬし》たちは、早速、日本橋《にほんばし》の町年寄《まちどしより》に赴《おもむ》いて、援助を願い出ているが、当面は地主や家主が賄《まかな》うしかない。

和馬がやってきたのは、先刻、深川診療所に担ぎ込まれた老人について調べるためだった。竹下の話によると、あまりにも衰弱が激しいので、命を落とすかもしれない。その前に縁者がいるのならば、会わせた方がよいと判断したためだった。

だが、長屋とともに燃えた納屋というのは、元々は材木問屋のものだったが、もう何年も使われていない。物乞い同然の者が雨風を避けるために潜《ひそ》んでいたという。ゆえに、近所の者たちも、老人についてはまったく知らなかった。そこに居たことも、火事があるまで分からなかったらしい。

「――この寒空の下、大変だっただろうな……」

独《ひと》り言を洩らした和馬は、長屋の様子を詳細に調べてから、小普請組《こぶしんぐみ》支配の大久保《おおくぼ》兵部《ひょうぶ》に救いの手を求めた。これまで、和馬の申し立てにより、火事や水害などで江戸市中の貧しい長屋などが壊れた場合には、小普請組が率先して、復旧に当たるよう仕組みを整えていたからである。

小普請組といえば、無役の旗本や御家人らの〝代名詞〟だったが、職を失った者たちの雇用も支援するという公《おおやけ》の口入屋《くちいれや》も作り、一定の役割を担《にな》っている。こうした社会支援が少しずつだが、小普請組によって行われていた。

近くには御三卿《ごさんきょう》のひとつ一橋《ひとつばし》家の屋敷もあったから、火事が起こったときには、大変な騒ぎだったらしいが、和馬は知らなかった。一橋家ならば火事になっても自力で再建できるが、貧乏長屋の人々は今夜寝る所すらないのである。和馬はなんとか力になりたいと思っていた。

近くの小さな寺では、近在の人々が集まって炊き出しをしている。幸い被害に遭った者は少ないので、なんとか凌《しの》げそうだが、寒い季節で乾燥しているから、また大火事が起こらぬとも限らない。町火消たちも火の用心を徹底させていた。

その炊き出しの場の一角で、ひとりの中年男が上手《うま》そうに芋粥《いもがゆ》を啜《すす》っていた。深川診療所に担がれてきた老人同様に痩せていて、滋養が足らないように見える。

和馬が何気なく声をかけると、中年男は決まり悪そうに俯《うつむ》き加減に、

「大丈夫です、はい……焼けた長屋の住人でございます」

とだけ答えた。

中年男の指先は、染料なのか様々な色で汚れている。目に止めた和馬が、

「染め物職人でもしてるのか」

と訊くと、隣にいた同じ長屋の中年女が答えた。

「浮世絵師さね。青雲亭春楽《せいうんていしゅんらく》という、かつては江戸百夕景って画《え》を描いて、一世《いっせい》を風靡《ふうび》したんだよ。知らないかい」

「青雲亭春楽……悪いが、聞いたことがない。その江戸百夕景というのも」

「お武家様は世情に疎《うと》いからね。あたしゃ、好きだねえ、春楽さんのなんともいえない、儚《はかな》い絵が好きだ」

「そうか。ならば、一度、見てみたいものだ……しかし、さような絵師ならば、炊き出しの飯を食わなくてもよさそうだが」

　率直な和馬の問いかけに、春楽自身が申し訳なさそうに答えた。

「売れたといっても、ほんの少しの間のことで、後は鳴かず飛ばず……路上で似顔絵なんぞを描きながら、糊口《ここう》を凌いでるんです」

　似顔絵とはあまり聞かないが、人相書きのようなもので、可愛《かわい》らしく面白く描いて、人を楽しませるものだという。

「旦那もひとつ描いて差し上げましょうか。一筆、十文で承《うけたまわ》ってます」

「たったの十文か。それでは、日に二、三十枚は書かねば暮らしていけまい」

「墨と顔料代《がんりょう》で消えてしまいますがね、絵を描いてるだけで幸せですから、別に大金を稼ぎたいとも思いませんや」

「欲のない奴だな」

「人間ですからね、そりゃありますよ。でも、たしかに物欲はない。生きてりゃ、それで十分。かといって、名誉や地位を得たいって欲もねえなあ」

「身寄りの者はいないのか。親御さんとか、かみさんとか」

「この年《とし》ですからね、親はとうにおっ死《ち》んでまさあね。女房を持てる甲斐性《かいしよう》もなきゃ、子も孫もねえ、天涯孤独の浮き草でさ」

　自虐的に言うものの、春楽という中年絵師は人生を謳歌しているように見えた。それにしても滋養が足らないのではないか、一度、診療所で見て貰ったらよいと、和馬は勧めた。

「とんでもねえ。どうせ肉親はいないから、くたばっても悲しむ者がいねえんで、安楽に暮らしてるんですよ」

「でもな……」

　心配そうな目になる和馬に、春楽は却《かえ》って気持ち悪そうに、

「──俺のことはいいですよ。ほっといて下さい……それより、お武家様なら、もっと可哀想な人をどうにかしてやって下さい」

「うむ。そうしているのだがな、不思議なことに、次から次へと負の連鎖というか

「……一向に世の中、良くならぬ」

嘆息をつく和馬を不思議そうに見ていた春楽は、ふいに思い出したように、

「そういや、喜久松《きくまつ》さんはどうしたかねえ」

ぽつり囁《ささや》いた。

「喜久松……というのは」

「爺さんだよ。何歳かは知らないが、焼けた納屋で暮らしてたんだ。町火消の連中が運んでいっちまったんだが」

「えっ——おまえ、知り合いなのか」

「知り合いってほどじゃないけど、たまに酒を飲ませてやったよ。湯屋《ゆうや》にも連れていってやったりね……あれで、昔は結構な商いをしてたらしよ。商いっても、食い物屋だったらしいが……食い物屋が食えねえんじゃ洒落《しゃれ》にならねえか」

昔話もする仲ならば、素性も知っているであろう。縁故者を探せるかもしれないから、和馬は詳細を知りたいと言った。

「そこまで深くは……たしか千住宿《せんじゅしゅく》で、蕎麦屋《そばや》だか一膳飯屋《いちぜんめしや》だかをね……」

「そうか。だったら、どうして……」

物乞い同然の暮らしをしていたのか、和馬は不思議だったが、人生には色々とある。

貧しい者や病《や》める者に、散々、施《ほどこ》しをしてきた和馬だが、世の中から犯罪が減らないのと同じで、貧困もなくならないと実感していた。

「親兄弟のことなどは知らないか」

「そんな身の上だから、あまり根掘り葉掘り訊くのもね……でも、言葉の端々《はしばし》から、女房と娘はいたと思う……たまに酔うと、会いたいなあと話してたから」

「女房と娘……」

「寂しさを紛らわす作り話かもしれないし、嘘か本当かも確かめたことはありませんよ」

春楽が自分で言ったとおり、さほど深い付き合いはなさそうだ。だが、もし一目でも会いたい女房や子供がいるならば、会わせてやりたいと、和馬は思っていたのだ。

藪坂先生が、

――長患《ながわずら》いするほど、命が持たないかもしれぬ。

と話していたからだ。

和馬はとにかく、一度、医者に診て貰えと春楽に言った。そのとき、

「医者なんか、当てにならないよ。それより、こっち、アマビコ様々だあ」

と近くにいた中年女が声をかけてきた。

「アマビコ……？」

「知らないのかい。古来、伝わる疫病《えきびょう》退治の神様さね。山彦《やまびこ》みたいなもんかねえ。あたしゃ見たことないけど、春楽さんがさ、肥後《ひご》の国の天草《あまくさ》かどこかで、その姿を見て、お告げを受けたってね」

「お告げ……」

「ああ、もし疫病が広がったら、これを持ってりゃ罹《かか》らないってね」

女が懐《ふところ》から出した紙には、猿《さる》と魚を合体させたような三本足の化け物があった。

この姿の妖怪を、春楽は実際に見たというのだ。眉唾《まゆつば》だと和馬は思ったが、そのときの話を、春楽は昨日のことのように話した。

「実は俺は、肥後の国は天草の出なんだ。ある夜、有明《ありあけ》の海がざわざわと波立つと、水中にキラキラと光る魚が泳いでて……初めは海が月の光に輝いているのかと思ったら、突然、河童《かっぱ》みたいなのが飛び出してきて……ああ、俺は河童も見たことがあるんだが、猿みたいな声でキッキと鳴きながら襲ってくるんだ」

「…………」

「思わず逃げようとしたんだが、砂に足を取られてずっこけたんだ。そしたら、俺の上に乗っかかるようにして笑いやがる。五歳の子供くらいの大きさで、俺はもう心《しん》の臓が破れるかと思った」

　腹が空《す》きすぎて、夢と現実が分からなくなっているのではないかとすら、和馬は思った。だが、特殊な才能の持ち主は、ふつうの人間には理解できない感性があるのであろう。

「そいつが俺に向かって、『私の絵を描いて、人々に配りなさい。さすれば、災厄《さいやく》から免《まぬが》れるであろう』と言って、また波がざわめいて、海中に消えていったんだ」

「それが、アマビコってものなのか」

　和馬は中年女が掲げている絵を指した。春楽は頷《うなず》いて、束ねていた紙を懐から取り出すと、一枚だけ和馬に渡した。

「お武家様には差し上げますよ。この冬、流行っている風邪から守ってくれる」

「そうか、ではありがたく……」

　これで鼻でもかめというのか——とからかおうとしたが、それは止めておいた。和馬はしげしげと絵を見たが、猿の体に異様なウロコが広がっていて気味悪いものだった。

「ちょっと怖いな、これは……」

「そうでしょうよ。春楽さんは、鳥山石燕《とりやませきえん》の弟子だから」

「鳥山石燕……あの『百鬼夜行《ひやっきやこう》』の妖怪絵を描いた……」

「ああ、そうだよ」

「それなら俺も知ってるが、鳥山石燕は何十年も前の絵師だ。元々は狩野《かのう》派の絵師で、弟子には浮世絵師の喜多川《きたがわ》歌麿や恋川春町《こいかわはるまち》などがいるが、その人たちとて……年が合わぬではないか」

「石燕先生の幽霊に習ったんですよ。だから、こうして本物のお化けが描ける」

「…………」

少し頭もおかしいのかと思った和馬は、ありがたくアマビコの絵を貰い受けたが、

「とにかく、春楽も一度、深川診療所で体を見て貰うがいい。診療代も薬代も只だから」

それだけ言うと立ち去った。この時はまだ、和馬も、大変な騒動に巻き込まれるとは思っていなかった。

三

吉右衛門はまだ十分に腰を動かすことができず、診療所の片隅で横になっていた。

骨接ぎの大先生に診て貰ったものの、今度ばかりは様子がおかしい。このまま寝たきりになるのではないかと、さしもの吉右衛門も不安になっていた。

「ほらほら。福の神がそんな辛気《しんき》臭い顔をしていると、周りまで腐っちゃうから、笑っていて下さいね」

千晶は相変わらず、朗《ほが》らかに接してくれるが、痛いものは痛い。我慢にも限度があると、しみじみ感じていた。

「ご隠居さんが来てから、この辺りの貧しい人たちは、少しずつ元気になり、頑張ってるんだからね」

「いやいや、それはみんなが偉いんだ。私は何も……」

していないと首を横に振った。

「そういう謙虚なところも大好き。でもね、もう少し、自分を誉めて上げて下さいな。なんでもできるんだから」

「どうも人に誉められるのも苦手でな。それより……あのご老体はどうなった」

吉右衛門が尋ねると、千晶は冴えない顔つきで、

「それが……今日も意識が朦朧《もうろう》としていて、食を受けつけないどころか、水もろくに飲みません……老衰かもしれないと藪坂先生は言ってますが、そんな年にも見えない

し」

「うむ。私より数歳は若いようだがな……とにかく、誰であれ助けてあげなさい」

そこへ、和馬が戻ってきて、一枚の絵を差し出した。先程、青雲亭春楽から貰った

アマビコの絵である。

「なにこれ、可愛い」

千晶は思わず手にして、犬か猫の絵を眺めるように喜んだ。

「可愛いか……へえ、人によって見方は違うものだな。俺には気味悪いがな」

「あら、これなら子供たちも喜ぶかもよ」

「そうかあ……？」

「何なんですか、これは」

「アマビコという、疫病を寄せつけず退治する神様か何からしい」

「そうなんですか。じゃ、ご隠居さん、持ってて下さい。すぐ治るかもしれません

よ」

素直で屈託のない笑顔で、千晶は吉右衛門の寝床に置いておこうとした。

「私より、あの方に……水も飲めないのでは大変だ」

「ほんと、ご隠居さんて人思いですね」

その絵を千晶が、担ぎ込まれた老人の所へ持っていこうとすると、

「喜久松という名前らしいぞ。その爺さん」

と和馬が言った。

「えっ。そうなんですか」

「今しがた、焼け出された長屋の者から聞いてきた。その絵の作者だ。青雲亭春楽というらしいのだが、知ってるか」

「さあ……でも、なんか有り難そう。これ、お守り代わりにしたら、結構、売れるんじゃないかしら、あはは」

何が可笑《おか》しいのか、千晶はいつもニコニコしている。アマビコの絵を衰弱している老人の前に持っていき、虚ろな目の前に飾って、優しく声をかけた。

「これで疫病が退治できるんだって。悪いものは、とっとと飛んでいって貰いましょうね、喜久松さん」

名前を呼ばれて、老人の瞼《まぶた》と唇《くちびる》が微《かす》かにピクリと動いた。千晶はそれを見逃さず、

「やはり喜久松さんなのね」

と顔を覗き込んで訊くと、老人は喉《のど》の奥を鳴らして頷いたように見えた。側《そば》に来た和馬は、春楽から聞いたことを伝えた。

するとみるみるうちに表情が歪み、泣き出しそうな顔になった。昔のことを思い出したのであろうか。そして、アマビコの絵を凝視しながら、切なげに目を閉じた。

「春楽のことは分かるのか？」

和馬が訊くと、小さく顎《あご》で頷いた。

「随分と心配しておったぞ。長屋は半焼ですんだが、おまえが身を寄せていた納屋は焼け落ちた。しばらく、ここで養生するがよい。金の心配ならいらぬ。ここは只だ」

「そうよ。ゆっくりしていって下さいね」

背中を撫でる千晶の横から、和馬も優しく話しかけた。

「名は喜久松。昔、千住宿で、蕎麦屋か何か食べ物屋をしてたのは本当か」

「あ、ああ……」

かろうじて返事をする喜久松の表情は、やはり昔のことを思い出したのか、しわくちゃの顔に涙が流れた。

「おまえには、女房子供もいたらしいな」

また喜久松は顎で頷いた。

「今は何処でどうしているのだ。ここにいることを、報せてやりたいのだが」

和馬が親切心で言ったが、喜久松はそれには返事をしなかった。

少し離れていた所で、別の患者を見ていた竹下が、小首を傾げながら近づいてきた。

「千住宿……と聞こえましたが、喜久松さんとやら、それは本当ですか」

「…………」

「もしかしたら、団子屋《だんごや》をしてませんでしたか。団子屋といっても、握り飯とか赤飯とか、煮物や天麩羅《てんぷら》などの惣菜も作ってて、店頭に並べていた……屋号は忘れましたが、近所の人は団子屋と言ってました」

竹下が興味深げに問いかけると、老人はなぜか押し黙ってしまった。

「知ってるのか、竹下先生」

不思議そうに見やる和馬に、竹下は頷いて、

「町火消に担ぎ込まれたとき、何処かで見たことあるような……とは思ったのですが、千住宿なら、私も住んでたんですよ」

と老人に声をかけた。

「まだ七、八歳の小さな頃までですけどね、随分と賑やかだった」

千住宿は奥州《おうしゆう》街道と日光《にっこう》街道の宿場町で、江戸《えど》四宿《ししゆく》の中で最も賑わっていた。

六十数家の大名の参勤交替の通り道として、本陣と脇本陣、旅籠《はたご》が整えられており、二千数百軒もの家があり、多彩な商家がずらり並んでいた。米屋、八百屋《やおや》、餅屋《もちや》、桶《おけ》

屋《や》、鍛冶屋《かじや》、左官、大工、湯屋、木材屋などが軒を連ね、岡場所も四十数軒あった。

「私もよく通《かよ》ったわ」

千晶も身を乗り出して、顔を覗いた。

「千住宿には、接骨医として有名な名倉《なぐら》家の診療所があるのよ。毎日、患者が数珠《じゅず》つなぎ。先生は厳しいけど、楽しかったあ」

「私はね……」

竹下も懐かしそうに続けた。

「宿場の外れに、小塚原《こづかっぱら》刑場があるでしょ。その近くの『どくろ長屋』に住んでたんです。知ってますか。不気味な所ですからね、誰も近づきませんでした。近くの寺に埋葬したりするのを手伝う仕事の人もいましてね、だから、そんな長屋名が」

「…………」

「でも、ただ貧しいだけで、変な人はひとりもいませんでしたよ。田畑を耕しながら、竹細工や団扇《うちわ》などを作る職人がいたんです。うちの親父もそうでした。毎日、食うのだけで精一杯でした」

じっと聞いていた老人だが、わずかだが迷惑そうな顔をした。竹下は違和感を感じながらも、脈を取りながら訊いた。

「そうでしょ。あの団子屋の方ですよね」

喜久松は俯いたままだった。だが、竹下は優しく、

「忘れもしませんよ、あなたの恩は」

と続けた。

だが、喜久松はわずかに眉を寄せただけで、顔を背《そむ》けている。

「あなたのお店の斜向《はすむ》かいに、屋号はなんだったか、薬種問屋がありましたね。赤い看板に金文字が印象に残ってます」

「………」

「私ね、その店から、高い朝鮮人参《ちょうせんにんじん》を盗んだことがあるんです。粉末にしてあるものですけどね。おふくろが、肺の病で長患いしてたから、どうしても飲ませてやりたかったんです。私たちにとっては高嶺の花どころか、絶対に手にできないものでした……その場で、店の主人に捕まり、激しく棒で叩かれ、踏みつけられました」

竹下は喜久松の顔を覗き込んで、

「でも、その時……あなたが助けてくれたんです。しかも、薬代を払ってくれました。その上で、惣菜や団子を持たせてくれた……地獄に仏を見た気持ちでした……そりゃ盗みはいけない。でも、貧乏人が薬も飲めずに死んでもいいって法はない……世の中

には、こんないい人がいるんだと、私は心底、嬉しかった」

「………」

「嬉しかったけれど、礼も言わずに、その場から逃げるように立ち去ってしまった」

感極まったように竹下は、脈を診るために取った手を握りしめた。

「申し訳ありませんでした……今更ですが、本当にありがとうございました……残念ながら母親は死んでしまいましたが、親父もその後を追うように……でも、あなたのご親切のお陰で、私はこうして医者になれました。ありがとうございます」

しっかりと握った手を、喜久松は何処に力が残っていたのか、必死に振り払うと、卑下するような目になって、

「私には関わりありません……立派なお医者様になったのは、あなたが頑張ったからです……そこのご老体も同じようなことを言ってらしたが……私は何もしちゃいません」

と掠《かす》れた声だが、しっかりと答えた。

「——そうですか……とにかく、しばらく養生して貰いますよ。ここでは、私が担当の医師ですから、言うことに従って下さいね」

「………」

「薬代の心配はいりません。ここは只ですし、そもそも、あなたには十五年前に、薬代をいただいてますから」

　これ以上、昔話をしても、喜久松にとっては何か不愉快なことがあるのであろう。そう察した竹下は、病人として見守ることにした。それしか恩に報いる手立てはなかった。

　ふたりのやりとりを見ていた吉右衛門と和馬は、同じ思いになったのか、視線を交わして微笑を浮かべた。またぞろお節介の虫が湧いてきたのであろう。

「うちのお医者様たちに任せれば大丈夫だけど、一応、お守りとして、これ置いとくね。これで治るといいね」

　千晶は喜久松の枕元に、アマビコの絵を飾るのであった。

　それを見ていた吉右衛門は、何か頭に閃《ひらめ》いて「そうだ」と手を叩いたが、それが腰に響いて、顔を顰《しか》めるのであった。

四

　日本橋から浅草橋《あさくさばし》、山谷《さんや》、小塚原を経て二里余りの所に、千住宿はある。大橋《おおはし》を挟んで南北に分かれている。

宿場としての中心地は北千住の方だが、竹下が子供の頃に住んでいたのは、南千住だとのことだった。いわゆる下宿《しもじゅく》と呼ばれる方だが、ここが栄えているのは、吉原《よしわら》に近く、遊女屋も並んでおり、他の三宿《みしゅく》にはない独特な趣《おもむき》があったからである。

喜久松の店も、そういう遊興を兼ねた旅籠が並ぶ一角にあったのであろう。もっとも今は影も形もなく、団子屋があったことも忘れられていたようだった。

和馬が千住宿を訪ねてきたのは、喜久松のことを気にしている竹下のためである。患者を多く抱えている竹下の代わりに、喜久松のその後を調べるためだったが、もう十五年も前のことゆえ、手掛かりは薄かった。

遊女屋の遣《や》り手婆が和馬に声をかけた。真っ昼間から、女郎を抱くために江戸府内から来る者もいる。無聊《ぶりょう》を決め込んだような若侍の和馬を見て、遣り手婆は、

「兄さん。いい娘がいるよ」

と声をかけたのである。世間知らずとはいえ、本当に気性の良い娘がいると思ったわけではないが、

「そうか、ならば顔を拝んでみたい」

和馬は冗談を返したのだが、すっかり本気にした遣り手婆は屋敷の二階へ招こうと

した。遣り手婆の手は干柿《ほし》のようだった。随分と年を取っているようだった。和馬は憐れみを帯びた目で見つめて、

「この店は長いのか」

「私のことかい。若い頃には、ここで働いてたよ。もちろん女郎としてね」

悪びれる様子もなければ、恥じる態度もなかった。

「大昔のことだが、すぐ近くに団子屋があったのを覚えてないかい。斜向かいには赤い看板に金文字の薬種問屋があったそうだ」

「ああ、覚えてるよ。それが何だね」

意外とあっさりと思い出した老婆に、和馬は感謝するかのように微笑《ほほえ》んで、

「団子屋の主人は、喜久松というのだが、店を畳んでからのことは知らないかな」

「喜久松……ああ、たしかそんな名前だったかねえ……それが何だね」

老婆は訝《いぶか》しそうにまた訊き返してきた。

「喜久松さんと最近、知り合ったのだが、身内の者がいないかと探しているのだ」

「えっ。あの人、生きてたのかい」

吃驚した老婆は、逆に尋ねたいとばかりに目を輝かせた。和馬もその反応に興味深げに顔を覗き込んだ。皺《しわ》は増えているが、たしかに昔は美形だったかもしれぬ。だが、

遣り手婆をしているということは、夫婦になる相手がいなかったという証《あかし》だ。

「いい人だったよ。でも、偽薬《ぎやく》を作った咎《とが》で、お役人に捕まったんだよ」

「偽薬……？」

さらに意外な話に、和馬は詳しく聞かせて欲しいと頼んだ。老婆はすぐに掌《てのひら》を差し出した。金をくれということだろう。和馬がすぐに一朱銀を渡すと、望外《ぼうがい》の金だと目を丸くしたが、にっこりと微笑み返した。

「団子屋じゃないよ、喜久松さんちは」

「え……」

「だご屋……だよ。もっとも団子って意味だけどね。だご汁屋だったんだ元々は。なんでも陸奥《むつ》の方じゃ、団子の入った椀もののことを、そう言うらしくてね。ここは日光街道、奥州街道の入り口だからさ、喜久松さんも流れてきた者だった」

「団子汁……で、惣菜なんかも作るようになったんだね」

「ああ、そうだよ。宿場の旅籠や女郎屋なんかにでも出前に来たりしてくれるから、よく使われてた。結構な稼ぎだったと思うよ」

「なのに、どうして偽薬なんかを……」

「そんなことは知らないよ。ただ、『名宝堂《めいほうどう》』……その薬屋の屋号だけどね……店の主人と不仲でさ、よく喧嘩してたんだ」

「不仲……」

「喜久松さんの方は気《き》っ風《ぷ》が良くて、なんというか人助けばかりしてた。なのに、薬屋の主人の方は、名前は忘れちまったけど、嫌味な奴でね。みんなに嫌われてたよ」

人助けという言葉に、和馬は納得した。竹下が話していたことと一致したからだ。

「助けられた子供なんかゴマンといるんじゃないかねえ……この辺りにはほら、親に棄《す》てられた子も沢山《たくさん》いたから」

江戸四宿のうちで最も繁華といわれているが、東海道の入り口である品川宿《しながわしゅく》と比べて、往来する人の質《たち》が違うのか、貧しい人たちが旅の途中で子を捨てることも多かった。だから、孤児《みなしご》が増えて、宿場役人なんかも困っていた。

「誰ともなく、そんな子たちのことを、〝子ねずみ〟って呼んでたよ。酷《ひど》い言い方だ」

同情したような顔で、老婆は呟いた。

しかし、本陣を仕切っていた宿場の名主や周辺の庄屋などは、義侠心に駆られてなのか、よく面倒を見ていた。手習所などを設けて、無知蒙昧《むちもうまい》な子供にはしたくないと、積極的に教育を施していたという。

それでも貧しい子供たちは、飢えにに耐えかねて盗みをすることもある。宿場の者たちは多少は大めに見ていた。盗みはいけないと教えながらも、食い物くらいは与えていたのである。

「そりゃ当たり前のことさね。野良犬や野良猫、鳩にだって餌を与えるじゃないか。なのに人の子にはやらないってのは、それこそ人でなしだ。でも、『名宝堂』の主人は、意地でも施しをしなかったよ」

「どうしてかな」

「人様から情けを受けてばかりじゃ、ろくな人間にならない。自分で頑張って、自分の食い扶持を得ることが人の道だ。でなきゃ、一生、物乞いのように堕落した人間になっちまうってのが、信条だったらしいよ」

「信条……」

「自分は無一文から、宿場一の薬屋になった。その薬で世の中を良くしてる。誰だって、艱難辛苦《かんなんしんく》に耐えて生きてる。なんでも恵んで貰うような癖がついたら、人として腐ってしまうってね」

和馬はそれも一理あるなと思ったが、黙っていた。ところが、老婆の方は、これまたあっさりと言った。

「私はね、『名宝堂』の主人の方が正しいと思うよ。私らだって、体売って幾らの苦《く》界《がい》で生きてきた。誰もにこんな暮らしをしろとは言わないけどさ、てめえの身が死んじまうほど痛い目に遭わないと、人間てなあ何も学ばないいんだよ」

春をひさいで生きてきた老婆の、思いがけぬ説教に、まだ若い和馬は感心した。やはり我が身を駆使して得た人生観なのであろう。妙に説得力があった。

「たしかに、喜久松さんはいい人だったよ。でも、その辺が甘いんだよ。野良猫に餌をいくら与えたところで、野良は野良さね」

「そうでもないぞ。俺の知り合いは、喜久松の親切や温情のお陰で、立派な医者になった。誰彼《だれかれ》隔てない、慈悲深い者にな」

「結構なことだ。でも、それはよほどその方が立派な心がけだったか、でなきゃ運が良かったんだよ」

「運が良かった……」

「私が見たところじゃ、九分九厘、ろくでなしになってるね。施しを当たり前だと思ってる輩《やから》はさあ」

老婆は街道に面した店の前に、日がな一日、ぼんやり座っているわけではない。客引きするにも、人を選んでいるという。

「兄さんに声をかけたのも、そのためだよ」

「そのため……」

「ああ、女を買いにきた面《つら》じゃない。きっと何か調べに来たんだってね」

「そんなことが分かるのか」

「毎日、無数の人を見てるんだもの。それくらいは……な、運が良かっただろ。いい話が聞けたでしょうが」

にっこり笑った老婆の顔に、なんとなく吉右衛門が重なった。

「話を戻すが、喜久松さんはどうして偽薬なんか作ったのかな。下手《へた》すれば死罪だ」

「さあねえ……私は知らないけど、『名宝堂』への面当《つらあ》てだったんじゃないかねえ」

「面当て……」

「だって、一袋で何両もするような薬屋が一文も人に恵まず、夜明けから夜遅くまで働きづめのだご汁屋が、慈悲深いことしてるんだからさ、ずるいことだって考えたくもなるさね。人に良い顔だけしてたら、疲れるよ」

老婆は当然のように言った。だが、この考えには、和馬は同意できなかった。無償の施しをする人間は幾らでも世の中にいるからだ。自分もそうだとは言わないが、人には人を助けたい〝本能〟がある。誰かに命じられてするものではない。

「偽薬作りのことを知りたきゃ、本陣に行ってみりゃいいんじゃないの。本陣の主人なら、事情を知ってるかもよ」

と言いながら、通りを見ていた通りすがりの旅人の男ふたり連れに声をかけた。

「兄さんたち、いい娘がいるよ。旅の思い出にどうだい。ねえ、兄さんったらあ」

獲物でも見つけた猫のように、老婆は何の躊躇《ちゅうちょ》もなく駆け寄っていった。苦笑で眺めながら、和馬は本陣へと向かってみた。

五

深川診療所の一室では、喜久松はふてくされたように横になっていた。

それとは対照的に、吉右衛門の周りには、人が大勢集まってきていた。病人を診る所なのに、他の患者が迷惑なくらい、まるで見世物小屋のような賑わいである。

「だからさあ、言わんこっちゃないんだよ」

「そうそう、年寄りの冷や水」

「良かったら、うちで面倒見てあげるよ。和馬様は何処へ行ったのかね。知らんぷりかね。冷たいねえ」

「薬代なら、なんとかしてやるからさ」

「バカだねえ。ここは、何もかんもぜんぶ只なんだから」

「腰は痛くても動けなくても、ご飯はちゃんと食べなきゃだめですよ」

「ご隠居さんには、まだまだ元気でいて貰わないとねえ」

などと勝手に話しているのは、ほとんどが近在の長屋のおかみ連中で、井戸端会議もよいところである。

千晶が近づいてきて、

「まあまあ、皆さん。見舞いは結構ですが、重い病《やまい》の人もいるので、どうか静かに」

と頼むと、余計におかみさん連中はわいわいがやがやとなる始末であった。だが、藪坂先生が近づいてくると、空気が一変して、誰もが緊張した感じになった。

「――どうした、皆の衆。賑やかでよいではないか」

「あ、いえ、先生……私たちは治療の邪魔をしに来たわけではないんです、あはは」

誰ともなくそう言うと、示し合わせたように立ち去るのであった。

見送っていた藪坂は苦笑して、無精髭《ぶしょうひげ》を撫でると、

「俺の顔を見て逃げおった、はは……吉右衛門さんが羨《うらや》ましいよ」

「え、何故でございます」

「多くの人に慕われておるからだ。こちとら、毎日、身を粉《こ》にして面倒見てるのにな

あ」

「慕われてなんかいませんよ。からかわれてるだけです」

「そんなことはない。みんな陰では、ご隠居は福の神だと誉めておる」

「おや、そうなのですか」

「あなたがこの町に来てから、食うに困った人たちは腹が満たされ、仕事がない者には食い扶持が与えられ、病に罹った者には高い薬代が賄《まかな》われ、子供たちは元気になった上に、誰もが学問を志すようになった……まるで花咲爺《はなさかじい》さんだとな」

　藪坂が言うと、千晶もそのとおりだと頷いたが、吉右衛門は首を横に振り、

「私は何もしておりません。和馬様は前々から貧しい者や病める者を助けてます。慈悲深いのは和馬様でございますよ」

「そうやって、主人を立てるところも奥ゆかしいのだ。だから、ああやって、ご隠居を親しんで寄ってくるのですよ。今度は自分たちが何かの役に立ちたいとね」

「だとしたら、こんな爺イよりも、もっと助けが必要な人に寄り添って貰いたいものですな。いえ、本当に」

「まったく、吉右衛門さんは欲がありませぬな」

「ありますよ、欲と煩悩の塊《かたまり》です。まだ綺麗な娘さんには萌《も》えますしな」

「あら、ここにもいますけど」

千晶がシナを作ると、吉右衛門は苦虫《にがむし》を潰《つぶ》す顔になって、

「私は、おしとやかなのが好みでなあ」

「すみませんね。ご隠居の欲望とやらを満たせなくて」

そんな話を交わしている間にも、患者の間で穏やかな笑いが起こっていた。ほのぼのとした雰囲気が漂うのは、やはり福の神とか花咲爺さんと呼ばれる吉右衛門がいてのことだ。

当人曰《いわ》く、ただ町中をぷらぷら歩いているだけのことである。だが、その姿を見かけるだけでも、人々は微笑んだり、心が和《なご》んだりするものだ。生き馬の目を抜く江戸の一角にあって、富岡八幡宮《とみおかはちまんぐう》の界隈は下町情緒もあいまって、ご隠居の姿はぴったりなのであろう。

「――ふん……」

鼻で笑ったのは、背中を向けて寝転がっているままの喜久松である。

「何がおかしいのかな」

少し不快げに振り向いた藪坂に、竹下がすっと近づいて、

「先生、ここは私が……」

と間を取りなすような態度で目配せした。人は体が弱っていると、気持ちも萎《な》えてしまうものだと承知しているからである。むろん、藪坂も分かっている。頷き返して、自分は診療部屋に戻った。

「具合はどうですか。今日もあまり食欲がなかったようですが」

問いかける竹下に、喜久松は壁の方を向いたまま、

「俺のことより、他に沢山いるでしょ。看なきゃならない人たちが」

と吐き捨てるように言った。

「あなたの担当は私ですから……そういうふうな余計な気遣いは無用ですよ」

穏やかに話しかける竹下だが、何が気に食わないのか、喜久松は返事もしなくなった。やはり体が弱っているので軽い咳《せき》でも胸が痛むようで、噎《む》せることが多い。

「咳に効く薬を出しておきました。肺も心配なので、朝鮮人参です。あの時、あなたにいただいたものです」

「…………」

「吉右衛門さんもそうですが、当たり前のように人を助ける。嘘のない真実、揺るぎない正義、惜しみない慈悲……医は仁術であると教えてくれているようです」

「そうかね……」

喜久松は反発するように呟いた。

「世の中に真実だの正義なんてものがあるのかね……ましてや慈悲なんて、何の意味もないと思うがね」

「いいえ、そんなことはありませんよ。どうして、そんなことを言うのですか」

「それが現実だからだ」

「私がこうして生きてこられたのも、確かな事実です。あなたのお陰でね」

「では、俺はどうだ……助けた方は、こんな惨めな人間に落ちぶれている。一番大切な女房子供にも愛想を尽かされた」

「…………」

「俺が死んでも泣く人間は何処《どこ》にもいない。もうほっといてくれ」

「そんなふうに思うのは、体が弱っているからですよ。少しでも滋養をつけて、若い頃のように……は、いかないかもしれないけれど、元気になれば心も晴れます」

「慰めはいい……本当に慰めなんぞ……」

布団に顔を埋めるように、喜久松は眠ってしまった。

体が弱ると繰り返し睡魔に襲われ、ますます手足を動かさなくなる。死期を悟った獣のように蹲《うずくま》ってばかりいるのだ。だが、人間は違う。気の持ちようで、身も心も一変することを、竹下は知っていた。

だが、追い詰められた人間は何をするか分からない。自傷《じしょう》の危険が一番の気がかりである。竹下はできる限り、目を離さないように注意していた。

その夜、遅くなって——。

和馬が診療所を訪ねてきた。まだ明日の準備などの残務をしていた竹下に声をかけると、待ってましたとばかりに駆け寄った。丁度、蕎麦屋の声が聞こえた。

「一杯やりますか」

竹下の方から誘って、山門の外を通りかかった担ぎ屋台の蕎麦屋に声をかけた。竹下には馴染みの親爺《おやじ》である。

「先生、今日は月も出てなくて冷えますねえ。まずは……」

用意していたように、すぐに燗酒《かんざけ》を差し出した。

「おやじさんも毎日、大変だなあ」

蕎麦屋の親爺から徳利を受け取りながら、竹下は励まし、まずは和馬に注いだ。

「このおやじさんの息子は医者を目指してんですよ。しかも長崎《ながさき》に学びに行ってますからね。金がかかるからと、こんな刻限まで働いてるんだ。偉いでしょ」

竹下が自慢げに話すと、和馬は感心して、

「息子さんが医者に……」

「ええ、貧乏人ですからね。ガキの頃から勉学の方は好きだったんで、あっしみたいに屋台担ぎにはなって貰いたくねえんで」

「蕎麦屋も立派な商いだ」

「ありがとうございます。こうして、食べていただけると、倅《せがれ》も助かるってもんで」

「こうして真面目に働いている人もいれば、女の襦袢を盗む輩もいる」

「え……？」

「いや、なんでもない」

「でも、あっしも、近頃は足腰が痛くて痛くて……あ、こりゃ愚痴はいけやせんな」

親爺が腰の辺りをポンポンと叩くと、

「いいんですよ。それこそ、こっちは医者ですからね」

と竹下が労《いたわ》るように答えた。

「痛み止めの薬を上げましょう。でも、無理はしちゃならない。動けなくなったら、息子さんも大変だから」

「へえ。ありがとうございやす」

親爺は頭を下げ、もう一本燗酒をつけながら、蕎麦茹《ゆ》でにも取りかかった。

「で……どうでした。宿場の方は、何か分かりましたか」

気がかりだったのか、竹下は急《せ》かすように和馬に訊いた。言われるまでもなく、和馬も膝を向けて、大きく頷いた。

「これは、千住宿本陣の仁左衛門《にざえもん》という人から聞いた話だ。名主でもあるから、事件のことは記《しる》し残されていて、俺もじっくり読んでみたんだがね……」

「事件というと……」

「喜久松さんがやらかしたことだ……が、腑《ふ》に落ちぬところも幾つかある。それで色々と調べてみた。まずは聞いてくれ」

酒を舐めてから和馬が話し出すのを、竹下は心配そうに聞いた。

六

だご汁屋の喜久松が、偽薬を作った疑いで、宿場役人に捕らえられたのは、十年前の丁度《ちょうど》、今頃の時節だった。春はすぐ近いが、まだ雪がちらつくような日だった。

本陣は参勤交代で大名が宿泊する宿だが、宿場役人が捕らえた咎人《とがにん》を尋問し、江戸町奉行もしくは勘定奉行の役人に引き渡すまで、捕らえておくこともあった。喜久松が連れてこられたとき、仁左衛門は父親から受け継いで本陣を任されたばかりで、取り調べの要領が分からず、戸惑ったことをよく覚えていた。

千住宿役人支配の草薙信三郎《くさなぎしんざぶろう》は、関八州《かんはっしゅう》に〝警察権〟を持つ勘定奉行配下の与力で、宿場に流れてくる無宿者《むしゅくもの》に目を光らせるのが日頃の勤めだった。

草薙は、喜久松の店にはよく立ち寄っていたから、偽薬作りなどをしているとは思いもよらず、初めは優しく接していた。

「なあ、喜久松……俺はどうしても、おまえが偽薬に手を出すとは思えぬのだ」

「滅相もない。あっしはそんなこと、するわけがありやせん」

喜久松も必死に否定した。

偽薬作りは人命に深く関わるため、正徳《しょうとく》年間の御定書《おさだめがき》では、厳しく禁止された。違反者は獄門《ごくもん》になるし、偽薬作りを手助けしたり、それと知らずに売っただけでも重罪。また、偽薬作りをしている事実を知った者も、お上《かみ》に届け出なければならない。

かくも重い罪を、たかが食い物屋が手を染めるとも、草薙は思えなかったのだ。

「あっしは時々、腹が痛いとか風邪を引いたと泣いてる町の子供らに、砂糖水を飲ませることがありやした。ただの甘い水です。それでも薬だと思った子供らは、効いたと思ってケロッと痛みがなくなるんです」

「うむ。俺も我が子に飴玉を処することがある。思い込みで治ってしまうから、不思議なものだな……では、ただの砂糖水だと」

「はい。子供騙《だま》しです。なのに薬だなどと……しかも、偽薬なら治るわけが……」

喜久松はがっくり項垂《うなだ》れて、自分には非がないと訴えた。

薬だよと嘘をついて、甘い物を与えたのが罪になるのならば、世の中の親はみな偽薬作りで罰せられるではないか。喜久松は悲痛な表情で苦しんでいた。

「その程度のものならばいいが……売ったとしたら罪になるぞ」

草薙は確かめるように訊いた。

「売ってなんかいません」

「たとえ饅頭《まんじゆう》や団子の類《たぐい》でも、『これは胃痛に効くとか、便通がよくなる』などと効能を示して売ると、薬と偽って売ったと見なされることもある」

「そんなバカな……蓬《よもぎ》や茗荷《みようが》などの入った団子ならば多少は効くではありませんか。薬草を混ぜ込んだ炊き込み飯や惣菜はいくらでも作ってますよ。それで体の調子が良くなってくれればいいし、実際に腹ごなしがいいとか便通が改善したと言われることもあります」

縋《すが》るように喜久松は訴えた。

「食べ物屋ですから、体に良い物を作るに決まっています。それが、偽薬になるのでございましょうか」

「だがな、薬として売ってはならぬ」

「そんなことはしてません」

喜久松は苛《いら》つきながら懸命に言った。草薙は納得しながらも、

「しかしな……おまえが偽薬を煎じて飲ませていると訴え出た者がおる」

と神妙な顔つきになった。

「訴え出た……」

「さよう。江戸薬種問屋組合を通して、北町奉行所にな。問屋組合から訴え出られた限りは、その利益を守り、不正を明らかにするためにも、奉行所は調べなければならない。お奉行直々《じきじき》の命令だ」

「そんなバカな……誰なのです、そんな訴えを起こしたのは……」

と言いかけた喜久松の顔が、俄に醜く歪んだ。

「そうか……もしかして、それは『名宝堂』さんじゃありませんか」

「…………」

「才兵衛《さいべえ》さんですね。そうに違いない。だって、あの人は常々、私を訴えてやる、そ

んなことばかり言ってましたから」

「さよう。名宝堂才兵衛が訴え出たことから、江戸薬種問屋組合が動いたのは確かだ。しかしな、おまえが偽薬を作って売ったという証《あかし》がなければ、江戸町奉行所は探索に及ばぬであろう。だが、北町奉行の永田備後守《ながたびんごのかみ》は前職が勘定奉行ゆえ、小さな不正も許せぬ性分でな、町方与力や同心を送り込んできてまで、子細《しさい》に調べ出したのだ」

「それで、私に非があると……」

「うむ。その疑いがあるからこそ、俺も尋問せねばならぬのだ」

同情の目を向けながらも、草薙は町方の事情を伝えた上で、何度か問い質《ただ》した。

結局、喜久松がしたことは、子供騙しに過ぎないと調べて、草薙は町奉行所に調書《しらべがき》を送ったのである。

だが、納得できないのは才兵衛で、何度も北町奉行所に赴き、偽薬を飲まされて死にそうになったという証人まで連れていった。でっち上げに過ぎなかったが、証言をした利助《りすけ》という百姓が、急に死んだことから、一気に喜久松の立場が危うくなった。

取り調べは草薙の手を離れ、町奉行所の吟味方与力、さらには奉行直々へと進んだ。

そして、とうとう北町奉行所のお白洲にまで引きずり出されたのである。

それでも、喜久松は必死に訴え続けた。

「──たしかに、利助さんには、薬草入りの重湯《おもゆ》を食べさせたことがあります。あの人は近在の村から菜の物や木の実を届けてくれるんです。はい、私の店のために……ある時、体の調子が悪いというので、親父直伝の薬草を煎じたものを煮込み、粥《かゆ》にして食べさせただけでございます」

言い分を色々と聞いた永田備後守は、威儀を正して偽薬作りの咎人《とがにん》を目の前にして、意外なことを言い始めた。

「食べさせただけと言うだけで、罪を逃れることができるならば、誰とて偽薬を作ったり売ったりできることになる。証人は他にもおるぞ……おまえの女房、おちかだ」

妻のおちかの名が、お白洲で出てくるとは、喜久松は思ってもみなかった。

奉行所の牢に留められた数日の間、おちかと娘のおしんのことが心配で眠ることもできなかった。ふたりのことは草薙が面倒をみていてくれるはずだった。にも拘《かか》わらず、妻子に何か異変があったことを感じ、喜久松は不安が込み上げてきた。

「──お奉行様。女房が……とは一体、どういうことでございましょうか」

「おちかは、おまえが偽薬を作っていたと、宿場役人支配・草薙信三郎に正直に話したのだ。草薙をこれへ呼べ」

永田が声をかけると、書物同心の案内によって、草薙が壇上に現れた。まるで町奉行に陪席するかのような立場に見えた。

「女房が自白した顚末《てんまつ》を話して聞かせよ」

町奉行に命じられて、草薙は恐縮したように答えた。

「は……私はかねがね、喜久松のことを偽薬を作っているのではないかと怪しんでおりました。たかが、だご汁屋にしては、えらく金廻りがいいからです。それで、お奉行の命《めい》にて……」

草薙は軽く頭を下げてから続けた。

「そやつの身辺を探っていたところ、ある女に行き着きました。遊女屋『千成《せんなり》』のお澄《すみ》という女郎です。〝けころ〟という安女郎ですが、喜久松との仲を色々と話してくれました」

「何を言い出すんです、草薙様」

思わず喜久松は腰を浮かせたが、永田は厳しく制した。喜久松は怒鳴りたいのを我慢して、黙って聞くしかなかった。

「お澄は、喜久松から、かなりの金を貰っていました。遊び相手としてなのか、自分の情女《じょうふ》のつもりなのか、その額たるや店の売り上げの半分近くでした」

「……………」

「寝物語にでも話したのでしょう。喜久松は、時折、何処にでもある野生の人参や牛蒡《ごぼう》などを干して粉末にして、滋養強壮に効く朝鮮人参だと偽って売っておりました。もちろん、朝鮮人参は扱う者が限られている〝御禁制〟の薬ですから、喜久松の手に入るわけがありません」

「嘘だ……」

「黙って聞け、喜久松」

今度は草薙が自ら制して睨みつけ、

「おまえが、体の調子が悪いが薬を買えぬほど困った者に対して、安いとはいえ、密かに売りつけていたのを、お澄は話した……お澄だけではないぞ」

「…………」

「おまえは無実であると、頑《かたく》なに訴え続けていた女房のおちかも、密かに干した人参をよく煎じていたと話しておる。女房までが、おまえの不正を暴いたのだ」

「よくもそんなことを……」

「偽薬で儲けた金で、女を囲ってると知った女房は、たちまちおまえの不実を罵《ののし》って、本当のことを話したのだ」

したり顔で言い続ける草薙に、「いい加減にしてくれ」と喜久松は怒鳴った。一瞬にして、お白洲に不穏な空気が広がった。

「女房まで陥《おとしい》れて、出鱈目《でたらめ》な証言をさせやがったな。あんた、一体、『名宝堂』から、いくら貰ったんだい。俺を調べたときと、言ってることがまったく違うじゃねえか」

「探索のためには手段を選ばぬ。殊《こと》に、おまえのような〝騙《かた》り〟にはな」

「冗談じゃねえや。お奉行様。草薙様は出鱈目《でたらめ》を言っております。私は本当に偽薬なんか作ってないし、誰にも売ったりしてません。たしかに、利助さんから貰った人参や牛蒡は、干して煎じて茶にして飲むようにはしましたが、ほとんどがてめえのためです」

「ほれ。自分でも白状したではないか」

意地悪そうに目を向ける草薙を、喜久松は睨み上げた。

「──そうか……大体、読めてきたぞ。やっぱり『名宝堂』の主人、才兵衛が俺を陥れたんだな。あいつは随分と、俺を目の敵《かたき》にしてたからな」

その言い分に、永田はピクリと眉根を上げて、

「どういう意味だ。有《あ》り体《てい》に申してみよ」

と誘うと、喜久松は必死に訴えた。

「俺は、困った人たちを助けるために、理不尽な扱いをする才兵衛を咎めたり、脅したりしたことがあったよ。可哀想な貧しい人が死にかかってても、才兵衛は金がなきゃ薬は売れないと、けんもほろろだからな」

「それは、致し方がなかろう」

「仕方がない？　お奉行様までが、そういうお考えなんですか。貧乏人は死ぬしかねえって、そういうことですかい」

「何もそこまでは言ってはおらぬ」

「同じことだ。俺だって、ただで薬を恵んでやれなんて言ってねえ。ある者には高い薬を売りつけて儲けてるんだから、貧しい者には分けてやってもいいじゃねえか。俺はそう言ってたんだ」

「…………」

「ところが、才兵衛は俺のそんな態度が気に食わなかったようでな、何かと嫌がらせをされたよ……そうか、それで偽薬作りなんて、出鱈目を……」

喜久松が苛立《いらだ》って言うのを止めて、永田はいま一度、問いかけた。その目は、真偽を見極めたいという険しいものだった。

「では、こういうことだな。金儲《かねもう》けばかりの『名宝堂』に成り代わって、偽薬を作って、貧しい者に分け与えたというのだな」

「いや、そうじゃなくて……ちゃんと聞いてたかい、お奉行さんよ」

腹が立ってきた喜久松は、才兵衛のことを悪し様《あざま》に罵った。すると、永田はさらに強い声で制して、

「相分かった。売ろうが売るまいが、貧しき者に分けようが自分で使おうが、偽薬は作ったというだけで、大きな罪だ」

「だから、偽薬じゃねえって……」

呆れたように喜久松は溜息混じりに言ったが、その態度が気に食わなかったのか、

「亡くなった利助をはじめ女房まで、証人が揃っているのだ。神妙に白状致せ」

と永田は強い命令口調で言った。

もう何を言っても無駄だった。終いには、

——偽薬を作っていない証を立てろ。

などと理不尽極まりないことまで、突きつけられた。

もはや誰も何も信じてくれないという徒労感に、喜久松は陥るのだった。

七

翌朝、和馬から聞いた顚末を、喜久松に聞かせた竹下は、反応を窺《うかが》っていた。深い溜息をついた喜久松は、悲しみや悔しさよりも、どこか安堵したように何度も小さく頷いた。

「申し訳ありません……そこまで詳しく調べられるとは……」

相変わらずの掠れ気味の声だが、弱々しさはなかった。

和馬が調べたのは、喜久松の妻子の消息を探したいがためだった。だが、そこまでは辿り着くことができなかった。

「もう十年も前のことだから、だご汁屋のことを知っている宿場の者も少なくて、本陣の主人も、おちかさんと娘のおしんちゃんの行方は分からないらしい。事件の後、すぐに追われるように上州《じょうしゅう》の親戚を頼ったとのことですがね」

「——女房は嘘をつかされて、自分を恥じたのでしょう……何処で何をしているのか、知りようがありません」

「探そうと思わなかったのですか」

「島送りになったのに、どうやって探すんですか」

「………」

「幸い御赦免花《ごしゃめんばな》が咲いたから帰ってくることができたけど……お上《かみ》もたぶん、俺は無実だと分かったんだろうな。だから赦免されたに違いない」

「辛かったでしょうね」

「毎日、死ぬことばかり考えてた……無実なのに八年ですよ……帰ってきて一度は千住宿を訪ねたけれど、『名宝堂』までなくなってるとは驚いた。どうせ阿漕《あこぎ》なことばかりして、贅沢三昧《ぜいたくざんまい》に暮らしてると思ってた」

「………」

「だから、脅して金でも取ってやろうと思ったけど、それも当てが外れて、こんな物乞いのような暮らしでさ」

つくづく運が悪いと自嘲した喜久松に、竹下も短い溜息をついて、

「その『名宝堂』のことですがね、あなたが捕まった二年ほど後には潰れたそうですよ。噂にすぎないですが、公儀御用達《こうぎごようたし》の看板欲しさに賄賂《まいない》を渡しすぎたのが〝凶〟と出たようで」

「ふん。そんなこったろうと思ったよ」

「その後のことは分かりません。知り合いの薬種問屋に、調べて貰ってるところです」

「下らない。何のために」

「主人の才兵衛さんなら、あなたのかみさんと娘さんの行方を知ってるかも……と本陣の主人が言ってたそうです」

「まさか。どうして、そんな……」

「詳しいことは私も知りませんが、本陣の主人は一度だけ、あなたの妻子と才兵衛が一緒にいるところを見かけたそうです。ええ、事件の後のことですがね、才兵衛がおちかさんに土下座《どげざ》をしてたそうです」

言っている意味が分からないと、喜久松は首を振った。

「和馬様が北町奉行所に出向いて調べたところ、あなたが島送りになってから、おちかさんは何度か、お奉行所に嘆願しているそうなんです。夫は無実だから帰して欲しいと」

「…………」

「でも、一度、裁決したことを覆すことは、まずない。おちかさんの思いが受け容れられることはなかった」

竹下の言葉に、喜久松は愕然《がくぜん》となるしかなかった。まるで古傷に塩を擦り込まれたような痛みだった。が、不思議なのは、どうしてここまで赤の他人のことに首を突っ込んでくるのか、ということだった。

「ご隠居さんといい和馬様といい、藪坂先生もみんな、通りすがりの俺にどうして、ここまでのことを……」

「目の前にいるからですよ」

「えっ……？」

「もし喜久松さんが、この診療所に担ぎ込まれなかったら、私はあなたのことを知る由《よし》もないから、関わることはなかったでしょう。でも、こうして出会ったから、何とかしたいと思うのは、当たり前の感情だと思いますが」

「…………」

「吉右衛門さんも和馬さんも、そうなんでしょう。人と人は不思議な縁で繋がっているものです。ですから、きっと、おちかさんとおしんちゃんの縁も何処かにあるはずです」

あっけらかんとした顔で言う竹下を、不思議そうな顔で、喜久松は見ていた。その顔を見つめ返して、

「これは、あなたが言ったことですよ。ここで会ったのも何かの縁。目の前で困ってる人を助けるのが人間てものだ。犬猫はそんなこたあしねえからなって」

「…………」

「そして、薬代を払ってくれた上に、食べ物を持たせてくれたんです。だから、私も、目の前のひとりを助ける……そんな医者になりたいと思い続けてきました」

素直な気持ちから、前に話したことを繰り返し話すと、喜久松はしんみりとした顔になって唇を噛んだ。しばらくすると、目から涙がぽろりと零《こぼ》れた。

「俺なんか……しょうもねえ人間だ……」

「いいえ、喜久松さん……あなたのような親切な人を陥れた『名宝堂』の主人や、間違った裁断をした町奉行たちこそが、地獄に落ちるべきなんです」

きっぱりと言い切った竹下に、首を横に振りながら喜久松は言った。

「違うんだ……本当は大酒飲みに博奕三昧《ばくちざんまい》のつまらねえ人間で……てめえの尻も拭《ぬぐ》えねえのに、人前じゃ親切ごかしでいい気になってただけの男だ。だから、女房もそんな奴だってよく分かってた。見栄っ張りのコンコンチキだってね」

「だとしても、助かった人は大勢いる。それでいいじゃないですか。現に私も……」

微笑みかけた竹下だが、真剣なまなざしになって、

「無実の人を間違って裁くことほど、大きな罪はない。和馬様は、旗本のひとりとして、断固、訴えるそうですよ」

と力強い言葉で励ました。

「でも、そんなことしても、失った時を取り戻すことは……」

「できると思います。病だって、適切に施せば必ず治るんです。自分で生きる力を取り戻せるんです」

竹下は喜久松の手をしっかりと握りしめた。

長年の苦労が祟《たた》ったのであろう、藪坂先生の治療をもってしても、喜久松の痩せた体はさらに衰弱した。島流しの憂き目に遭っていた頃、ろくなものを食べてなかったからだ。

数日後、意識まで薄らいできた夕暮れのことである。

和馬に手を引かれて、十五、六の娘が療養所を訪ねてきた。

喜久松の近くで同じように寝転がっていた吉右衛門がサッと飛び上がった。

「見つかりましたか、若殿」

「――なんだ、吉右衛門。腰は治っていたのか」

「はい。実はもうすっかり。でも、喜久松さんのことが心配で、側にいたのです。そんなことより、その娘さんはもしや……」

吉右衛門が可愛らしい顔を見ると、まだ林檎《りんご》のような赤いほっぺをしていた。決して裕福そうではないが、折り目正しく着物を身につけており、挨拶をする所作も素直な娘らしく美しかった。

「竹下先生の計らいで薬種問屋のツテを探ってみたら、やはり縁がありましたよ。その話は後として、さあ……」

娘は戸惑ったように頭を下げながら、和馬に引かれるままに、眠っている喜久松の前に来た。途端、娘の顔が悲しそうに歪《ゆが》んで、何か言いかけて嗚咽《おえつ》した。

「――お……お父っつぁん……」

その声に、ほんのわずかだが喜久松の瞼《まぶた》がピクリと動いた。

「おしんですよ……分かりますか、お父っつぁん……無事に生きてたんですね……ああ、良かった……会えて良かった……」

おしんと名乗った娘は、まさしく喜久松と生き別れになった実の子だった。偽薬作りの咎人として捕縛されてから、一度も会っていない。当時はまだ五、六歳くらいの少女である。突然、父親がいなくなったことに驚いていただけだった。

目の前の老人にしか見えない喜久松の手を握りしめて、おしんは切々と語った。

「おっ母さんは、お父っつぁんがいなくなって二年目に亡くなりました……流行り病に罹ってしまって急に……」

聞いているのかいないのか分からないが、喜久松は自然に頷いている。

「私……ひとりぼっちになってしまって……でも、助けてくれる人がいました……だから、こうして暮らしてこられました」

娘の声に喜久松はうっすらと目を開いた。竹下と千晶が背中を支えて、起こしてやると、喜久松は不思議そうに見ていた。血が繋がった親子であるからか、すぐに分かったようで、

「――おしんか……」

と問いかけた。

「はい。分かりますか、お父っつぁん」

「ああ、ああ……分かるとも……その目、その鼻……毎日のように夢に見ていた六つのおしんのまんまだ」

「十六になります……もう幼子じゃありませんよ」

「おしん……」

「ご苦労をおかけしました。これからは私がちゃんと面倒を見ますから、頑張って下

さいね、お父っつぁん」

娘の手を強く握りかえした喜久松は、息を吹き返したように顔色がよくなった。病は気からというが、娘との再会によって命の灯《あかり》がともったのかもしれない。竹下が横合いから嬉しそうに、

「良かったですね、喜久松さん。私の言ったとおりでしょ」

「せ、先生……」

「あなたが助けてくれたとき、娘さんはまだ赤ん坊だったのですね。感無量です」

竹下も感涙に噎《むせ》びそうであった。

すると和馬が、診療所の入り口の所に待たせてあった初老の男に手招きをした。上品そうな羽織を着ていた。だが、男は深々と頭を下げただけで、背中を向けると逃げるように山門の方へ駆け出した。

その様子を見た吉右衛門は身軽に翻《ひるがえ》すと、素早く初老の男を追いかけた。腰の痛みなどなかったような足運びだった。

八

「待ちなさい」

山門を潜《くぐ》り出て掘割沿いの道を急ぐ男に、吉右衛門はあっという間に追いつき、

「訳を聞きましょうか」

と、すべてを見抜いているかのように問いかけた。

「顔向けできないのは分かります。でも、ここで逃げたら、今度はあなたが、これからの人生を無為にすることになりませんか」

「えっ……」

振り返った初老の男は、神々《こうごう》しい仏にでもあったかのように目を細めて、吉右衛門を見やった。追いかけてきた素早さにも、驚いていたのである。

「今からでも遅くない。すべてを正直に、お上《かみ》に話に行きませんか」

「…………」

「あなたがこの十年、苦しんできたことも分かっております。それでも、自分がやらかしたことを、公の場で詳《つまび》らかにすることで、己を責めることもなくなるのです」

吉右衛門は穏やかな笑みを湛《たた》えながら、相手に向かって、

「そうでしょ。名宝堂才兵衛さん」

「?!――」

「喜久松さんが島流しに決まったとき、あなたは苦しんだはずです。だから商いにも身が入らなくなり、悪い噂も重なって、店を畳まざるを得なかった。『だご屋』がなくなったから、あなたの店も傾いた」

「…………」

「因果応報《いんがおうほう》とはこのことかもしれませんな」

「いかにも私は、才兵衛ですが……あなたは、どうして、そのことを……」

不思議というよりも、むしろ気味悪げに見つめる才兵衛に、吉右衛門はやはり優しい笑顔のままで続けた。

「長年生きていれば、おおよそのことは分かります。あなたは罪の念に堪《た》えかねて、喜久松さんのかみさんに土下座をして謝《あやま》った。それは宿場の者が見てます」

「は、はい……」

「でも、おちかさんの方も、役人にはめられたとはいえ、飲んだくれの亭主のことで、つい嘘の証言をしてしまって、取り返しのつかないことになってしまい、悔いても悔

いても救われることはなかった」

「…………」

「そんな暮らしの中で、病に倒れたのはあまりにも不憫《ふびん》すぎるが、それも自ら撒《ま》いた種かもしれませんな」

ますます不審そうに聞いている才兵衛は、金縛りにあったように立ち尽くしている。

吉右衛門は淡々と、まるですべてを見ていた如く語りかけた。

「苦しんだあなたは、ひとりぼっちになったおしんちゃんの面倒を見ようと決心した……それまでも、喜久松さんの残した妻子には幾ばくかの援助をしていたようですがな……年端《としは》もいかぬ子供ひとりでは、もはやどうしようもない」

「——はい……」

「あなたは自分の養女として、おしんちゃんを育てた。千住宿にはいられないから、誰も知らぬ城下町にでも行って、得意の薬作りでひっそりと暮らしていたのでしょう」

「…………」

「まさか、島帰りをしているとは思ってもいなかった。けれど此度《こたび》、和馬様から話を聞いて、喜久松さんに返してやりたい。そう思ったのですね」

「う、うう……」

「だったら、きちんと謝るべきではありませんか。偽薬作りをしていたなどと、嘘をついて陥れたことを」

吉右衛門はあくまでも優しく言った。才兵衛は地面に突っ伏して、

「ちょっと痛めつけたいと思っただけです……喜久松さんは、いつも私に何かと迷惑をかけるくせに、人前では格好だけつけるから……でも、まさか、あんなに事が大きくなるとは……」

「どうして、その時、正直に言わなかったのですか」

「町奉行所にまで呼ばれて、怖くなったのです……今更嘘だと言うと、こっちが咎人扱いされて店が潰されるんじゃないかと……だから後は、お上が判断することだから、自分は関わりないと思うことにしたんです」

才兵衛は込み上げてくる感情を、必死に抑えていた。号泣しそうなその顔を覗き込みながら、吉右衛門は言った。

「愚かなことです。でも、申し訳ないと思ったからこそ、おしんちゃんをきちんと育てたこと……喜久松さんが心から喜ぶかどうかはともかく、赦《ゆる》すと思いますよ」

「いえ、赦して貰うなんて、そんな……」

地面に突っ伏したまま、才兵衛はたまらなくなって、胸の奥から噴き出すように嗚《お》咽《えつ》するのであった。

妙に赤い月が、ふたりを照らし続けていた。


数日後――。

深川診療所に、青雲亭春楽が駆け込んできた。手にはごっそりと、アマビコを描いた絵を抱えている。

「先生。藪坂先生……ご隠居は来てませんか、高山様の」

春楽が大声を上げると、出てきた千晶が何事かと睨み返した。

「病人ばかりなんですからね。少しくらい気配りをして下さいな。何なんです」

「これどす」

アマビコの版画を見せた。

「いやあ、実はですな、ご隠居に紹介された『一刻堂《いっこくどう》』という版元から、めちゃくちゃ売れたと報せが入りましてね。ウハウハですわ。これで、貧乏絵師とはおさらばです」

「――疫病退治の絵ね……」

「はい。先生にもひとつ、どうぞ。診療所のみなさんにもお分け致します」

「ありがたいけれど、そんなもので治れば医者は要りません。絵が売れて結構なことですが、人の不幸を飯の種にしてるようで、なんだか嫌な感じがするわ」

千晶が突《つ》っ慳貪《けんどん》に言うと、竹下医師が近づいてきて、

「そんな言い草はないよ。患者さんも、その絵で勇気づけられれば、治りも早くなるかもしれない。どうぞ、配っておくれ」

と言った。

「まったく……竹下先生たら、余計なことを……」

ぷんとふくれっ面になった千晶だが、アマビコの絵を見ていて、やはり愛嬌があるなと思って笑ってしまった。これなら、まあいいかと自分も数枚ばかり手にして、

「そうか。ご隠居さんが、この売れない絵師も助けてあげたのね」

「え……？」

「ううん。こっちのこと。いい気にならないで、頑張んなさいよ。いいわね」

父親ぐらいの春楽に向かって、千晶は説教を垂れ始めた。

同じ日の夜——。

高山家の門前に、担ぎ屋台の蕎麦屋が通りかかった。

　和馬に誘われて、吉右衛門も出てきたが、少し風が冷たいので、すぐに戻ろうとした。だが、和馬は半ば強引に、

「たまには差し向かいでいいではないか。此度のことを労《ねぎら》おうと思ってな」

「私は何も……」

「いやいや。おまえが喜久松の妻子を探すべきだと強引に言わなければ、俺はほったらかしにしてたかもしれぬ」

「まさか。和馬様こそ、ご苦労様でした」

「とにかく、元の鞘《さや》に収まってよかった」

「和馬様……それは言葉の使い方が違います」

「では、どういうのだ」

「はてさて……どんな塩梅《あんばい》かのう、おやじさん」

　吉右衛門が蕎麦屋の親爺に声をかけると、ふたりの話を聞いていたのか、

「さあ。ご隠居さんが言えないことを、私如きに分かるわけがありやせん……おい、こら、ちゃんとせんか、兵吉《ひょうきち》」

　と屋台の陰で、溜めた水桶で洗い物をしている若者を叱責した。

「へい。承知しやした」

返事だけは威勢がよかったが、兵吉と呼ばれた若者は俯いたまま手を動かしてはいるものの、要領が悪そうだった。それを横目に見て腰掛けに座った和馬と吉右衛門に、親爺は燗酒を出しながら、

「一樹《いちじゅ》の陰《かげ》、一河《いちが》の流れも他生《たしょう》の縁《えん》……てとこでしょうかね」

と、さりげなく言った。

「何がだ」

和馬は首を傾げたが、吉右衛門は膝を叩いて、

「なるほど。この世で起こるあらゆる出来事は、すべて前世からの因縁……一本の木の陰でともに雨宿りし、同じ流れの水を飲むのも、みな巡り合わせによるもの……」

「小難しいことはよいから、さあ」

和馬の方から徳利を傾けると、吉右衛門はとんでもないと持ちかえして、和馬の杯《さかずき》に酒を注いでから言った。

「喜久松さんが深川診療所に担ぎ込まれたときから、娘に再会できることが決まっていたんですよ。そういうことです」

今度は和馬が吉右衛門に注いで、

「たしかに、おまえがうちの屋敷に転がり込んできてから、貧しいのはさして変わら

ぬが、なんとなく色々なことが広がった……ああ、そうだ、そうだ」

　と思い出したように続けた。

「実はな、北町奉行の遠山《とおやま》様から、改めて喜久松は無罪を言い渡された」

「それは和馬様のご進言ですね」

「ええと、それから、アマビコの絵が売れた金を、春楽はおまえのお陰だからといって、診療所に寄付することにした」

「ほう。それは良き心がけ」

「さらにだ。竹下真先生が、例の喜久松に助けられた話を遠山様に話したところ、いたく感銘され、薬代を公儀が賄う仕組みを作ろうと、幕閣に諮《はか》ってくれることになった」

「これまた、めでたい。それが実現すれば、竹下先生の幼い頃のようなガキが、盗みをせんで済むということですからな」

「うむ……これも、おやじが言った、一樹の陰、一河のなんたらということか」

「ですな」

「おやじ、今日は月も笑ってる。もう二、三本、つけてくれ」

「和馬様。飲めもせぬ酒を……なりませぬ。私もどちらかというと甘党ですからな」

「構わぬ構わぬ。たまには浮かれぬとな。どうだ、おやじも一杯」

「へえ、ご相伴《しょうばん》致しやす。おい、兵吉。酒を燗にしろ」

と命じると、兵吉は威勢良く返事はしたものの、栓《せん》を抜いた途端、酒樽を転がしてしまった。酒がトクトクと流れ出るので、素早く吉右衛門が支えて立て直した。

その時、兵吉と吉右衛門は、顔を突き合わせて、お互い「あっ」と声を洩らした。

「どうしたんでやす、ご隠居……」

おやじが心配そうに声をかけると、兵吉は気まずそうに俯いて、今にも逃げだしそうに背中を向けた。

「いやいや。その節は、私の腰を案じてくれてありがとう。そうでしたか、蕎麦屋の修業をなさってたのですか」

吉右衛門はそう声をかけた。

あの夜の en襦袢泥棒だとすぐに分かったが、何も言わなかった。むしろ、性根のよい人だと屋台の親爺に誉めて、これからも大切に使ってやってくれと頼んだ。親爺の方も、自分は引き時なのだが、任せられるまで頑張りたいと言った。

「そういえば、吉右衛門」

和馬が酒を飲みながら、くすくすと笑い、

「おまえが関わったあの大捕物……盗んだバカは実は初めてのことで、しかも婆さんの襦袢を盗んだだけだったと、古味さんが呆れて話してた。間抜けな奴もいるものだが、それを捕縛した方が、もっと間抜けだな、あはは」

「ということは、他にやってる奴がいるってことですな。安心しました」

「何が安心なのだ」

「あ、いえ。なんでもありません」

吉右衛門に微笑みかけられた兵吉は、首を竦《すく》めて頭を下げた。

どこか遠くで、「御用だ、御用だ」と声が響いた。またぞろ大捕物のようだったが、ふたりとも腰を上げなかった。

「どうせ、古味さんの間違いだろう」

和馬が言うと、吉右衛門も杯を傾けながら、

「そうでしょう、そうでしょう」

と相槌《あいづち》を打った。

しだいに捕り物の声は遠ざかったが、屋台を照らす月は煌々《こうこう》と照り続けていた。

第二話　仰《あお》げば尊し

一

見るからに不釣り合いの夫婦だった。歌舞伎《かぶき》役者のような男前と、ひょっとこ踊りに出てきそうなおかめである。

だが、亭主の方がベタ惚《ぼ》れで、気立ての良さそうな女房のことが心配で目が離せないという態度だった。亭主は錦之助《きんのすけ》というこれまた役者のような名前で、女房は、おいとという平凡な名前だった。

富岡八幡宮の裏手、三十三間堂《さんじゅうさんげんどう》近くの堀川《ほりかわ》に面した小さな一膳飯屋《いちぜんめしや》が、ふたりがつましく暮らしている店である。

場所柄、木場《きば》の鳶《とび》職人や人足らが立ち寄って、そこそこ賑わってはいたが、特に何が美味《うま》いと評判がある店でもない。名物は深川飯《ふかがわめし》だというものの、浅蜊《あさり》がよく採れるこの界隈では何処にでもある食べ物だった。それでも夜になれば酒も出すから、常連客は多かった。

「客足が途絶えないのは、おまえのお陰だよ」

と言うのが錦之助の口癖だった。

女房の肩を抱き寄せて、毎朝、毎晩、呪文のように繰り返すのは、本心からだった。おかめとはいえ、おいとの愛嬌ある顔と明るい接客が、なんともいえない良い雰囲気を漂わせているのである。

今日も出かける仕度《したく》をしながら、錦之助はいつものように、

「いいか。ぜってえ知らねえ奴についていくんじゃねぜ」

と説教口調で言っていた。それに対して女房は苦笑しながら、「はいはい」と和《なご》やかな声で返すだけであった。

「ちゃんと聞いてるか。顔見知りでも、ついていっちゃだめだぜ」

「はいはい」

「もし、出かけるときでも、綺麗なべべに着替えたり、化粧なんぞしちゃならねえぞ」

「はいはい」

「町名主が用があるなんて誘ってきても、ふたりきりで会っちゃいけねえからな」

「はいはい。大丈夫ですよ」

錦之助はおいとの髪の花柄の簪《かんざし》をちょっと直してやりながら、

「おまえ、この簪が好きだなあ。もしかして、昔の男《いろ》がくれたものかい」

「内緒です」

「このやろう。こっちはな、おまえが器量よしだから心配してるんじゃねえか」

「はいはい。心配なのはこっちですよ。本当は何処かに女を抱えてるんじゃないか、浮気をしてるんじゃないかってね」

「ばか。なんで、そんなことを……」

「私をずっと家に閉じこめておくってのは、そういうことかも、ってね」

「——おい、おまえ、そんなふうに思ってたのか、俺のことを」

少しすねて見せる錦之助の着物のほつれを取りながら、

「だって、誰が見たっていい男だもん」

「俺はおまえの他に目移りなんざ、したことがないよ」

錦之助はおいとをぎゅっと抱きしめた。

しばらく、そうさせてから、

「ほら。急がないと、ご隠居さん、待ってますよ」

と、おいとは軽く押しやるようにして、店から押し出した。

暖簾《のれん》はまだ出していない。今日は高山家まで出向く日なのだ。月に何度か、子供らに美味《うま》い飯を食わせながら、料理の作り方などを教える。自活できる子にするためだ。

「分かった分かった。けど、絶対に誰にも振り向いちゃいけないぜ」

「安心して下さいませ。誰も私なんか誘いません。それより、気をつけてね」

「じゃあな。夕方には帰ってくるから」

錦之助は心配そうに何度も振り返っているから、あやうく堀川に落ちそうになったが、気を取り直したように歩き出した。

高山家に到着すると、すでに十数人ばかり子供が集まっていた。単に飯にありつくだけならば、吉右衛門が作った握り飯や惣菜を食べていればいい。だが、今日は自分たちにも作れる料理を教えて貰うのを、子供たちは楽しみにしているのだ。

男の子と女の子が半々くらいであろうか。一緒になって鬼ごっこや隠れんぼをして遊んでいたが、錦之助の姿を見つけるや、わあっと声を上げながら近づいてきた。

「今日は何を作ってくれるの」「美味《おい》しいのがいいなあ」「魚を焼くのって難しいよ

ね」「うちの母ちゃんでもやってらあ」「出汁《だし》の取り方、教えてね」などと子供なりに要求してくる。

これまでも生魚の臭いの取り方とか、水から煮る方が美味《おい》しいとか、茹《ゆ》でたのを網で軽く焼いたら身が柔らかいとか、色々と教えてきた。そのひとつひとつを子供らは覚えているので、錦之助もやり甲斐があるのだ。

「今日はな、鯛飯《たいめし》だ」

錦之助が持ってきた盥《たらい》から一尺半ほどある大きめの鯛を見せると、子供たちから歓声が上がった。これを昆布と薄い塩水、ほんの少しの醤油だけで炊きあげるというのだ。

「うわあ。早く食いてえ」

子供らはさらに大声で喜んだが、錦之助は制するように手を叩いて、

「手伝わない奴には食べさせないぞ。いいか、まずは鯛の鱗《うろこ》を落とし、捌《さば》いて臓物を取り出す。米もちゃんと研《と》いでおかないとだめだぞ。糠《ぬか》が残ってると魚の骨から出る旨味を消してしまうからな」

などと言いながら、割り振りを決めた。

与えられた役目を子供たちは嬉々として担う。わいわいがやがや実に楽しそうに取

りかかるのを、錦之助はまるで子供らの親のような目で見ていた。

「よう。生きてたか」

縁側から、和馬が声をかけると、錦之助はにっこりと微笑《ほほえ》み返して、

「ご挨拶だな。一膳飯屋『錦《きん》ちゃん』も結構流行《はや》ってるからな。こうして出かけて貰って、ありがたく思え」

「――なんだかなあ……」

呆れたように溜息混じりで見る和馬に、錦之助は「なんだよ」と言い返した。

「学問所で一番の秀才が、飯屋の板前とはどうもなあ」

「おまえ、いつの話をしてるんだ」

錦之助は町人だが、和馬とまったく対等に口をきいているのは、神田湯島《かんだゆしま》の昌平《しょうへい》坂学問所《ざかがくもんじょ》で一緒に机を並べていたからだ。

寛政《かんせい》年間にできたこの学問所は、幕府直轄で「昌平黌《しょうへいこう》」とも称され、主に旗本や御家人の子弟を教育する所である。儒学者の林家《りんけ》が学頭《がくとう》を担っているが、教授陣は様々な経歴の持ち主で、公儀の試験を経て教鞭を執っていた。

「あのまま学問を続けておれば、子供相手に飯を作ることもなかったろうに」

「同じようなもんだ。論語を教えるか、飯の作り方を教えるか。どっちかといえば、

飯の食い方の方が大切だと思うがな」

「いや、それにしても勿体《もったい》ないことをした。おまえのような勉学に秀でてた奴が学問所に残っていれば、世の中が変わっていたかもしれぬ」

「おいおい。昔話はもういいよ」

苦笑しながら、錦之助は鯛飯と一緒に食べる惣菜や汁物の下準備をしていた。

「真面目に言っているのだ。子供には教育が一番大切だ。貧乏から脱却できるのも、学問をすることしか方法がない。武士は武士、町人は町人にしかなれぬ世の中ゆえな。それに……学問だけが、誰もが対等でいられる」

「そんなことを言う割りには、学問にあまり熱心じゃなかったがな、おまえは。もっともヤットウの方もなまくらだが」

からかうように言う錦之助に、和馬は少しばかりムキになった。親友にだからこそ、見せる顔である。

「まあな……だが、おまえに教えられたことがひとつだけある」

「なんだ」

「富める者は貧しい者を救え、ということだ」

「そんなことを言ったかな」

「一度、教授に食ってかかったことがあるだろう。森下幽斎《もりしたゆうさい》先生に……旗本や御家人を贔屓《ひいき》にして、町人をないがしろにしてるって。学問は誰にも等しく開かれている。だからこそ、湯島の学問所は町人も通えるようにしている。学問のなんたるかを分かってない、と」

　錦之助は大笑いをして、違うと首を横に振った。

「それを言ったのは源之丞《げんのじょう》だ。町方与力の坂本《さかもと》様のご子息の……」

「そうだっけ」

「おまえは思い込みが強いからな」

「しかし、これは、おまえが学問所を辞めさせられるかどうかのときに、言ったことだ。源之丞かもしれんが」

　和馬が次第に強い口調になってくるのを、錦之助の方が貫禄のある態度で、

「分かった分かった。下らぬ話はいいから、おまえも少しは手伝え。子供たちの方がちゃんと働いてるぞ。貧しい者を助けるのは結構だが、そうやって高見の見物をしてるところが、お侍様なんだよ」

　と、これまたからかうように言った。

「それより、和馬……源之丞は元気か。近頃、顔を見せないが」

「奴は町方から勘定方に変わって、しかも上《かみ》勘定所に入った。御殿勤めだよ」

「そりゃよかった」

「だが、近頃はまったく音沙汰なしだ」

「なんだと、冷たい奴だな」

「出世したから、昔つるんだ奴は迷惑なんだろう……あいつは、おまえと違って要領が良かったからな。三人でよく悪さをしたなあ……でも、捕まるのは大抵、錦之助……おまえか俺で、源之丞の奴はいつも阿呆《あほう》のふりをして、ヘラヘラ笑ってた」

「ま、そこが憎めなくてな、後から大抵、親父さんが出てきて謝《あやま》ってくれた」

「そうだったな……おまえを辞めさせたその森下幽斎先生も今は、学問所を去った」

和馬が言うと、錦之助は意外そうな顔をして手が止まった。

「どうして……林家から嫁を貰って、いずれ学頭になろうって御仁《ごじん》だったのに」

「俺も詳しくは知らぬが、何か不正をしたらしくてな。それで、これだ」

とクビを払う仕草をした。

「そりゃ、なんとも言えねえなあ……」

「だろ。人の代わりに試験の解答をしたのを責めて、おまえが辞めさせられたのだからな。代わりを頼んだ方は、旗本だから、堂々と学問所に残ったのにな」

同じ頃、立花清太郎《たちばなせいたろう》という三千石を超える旗本の子息がいた。いずれ父親を継《つ》いで、勘定奉行とか町奉行という重職に就くであろう家柄だった。まったく勉学ができないわけではないが、和馬と同じでさほど熱心ではなかった。

それでも自分で何らかの努力をするなら良いが、いつも親父の威光を笠に着て、小身《しょうしん》旗本や御家人の子弟を子分のように扱っていた。いつの世も、この手の者がいる。

錦之助は授業こそ真面目に受けていたが、休憩の間や学問所への登下校時には、町娘をからかったり、掘割《ほりわり》に飛び込んで泳いだり、城の石垣を忍びのように登ったりして、事あるごとに叱られていた。

そんな錦之助のことを、立花清太郎はなんとなく気に入っており、

「いつかは俺の中間《ちゅうげん》にしてやる。いや、どこぞの武家の養子にでもして後、家来にしてやってもよいぞ」

などと自分の仲間に引き入れようとしていた。

だが、肝心の錦之助の方はどうも清太郎のことが嫌いのようで、決してつるむことはなかった。上下関係に組み込まれるのに抵抗があったからであろう。

その清太郎の頼みを一度だけ聞いたことがある。試験を〝身代わり〟で受けることだ。むろん教授陣は顔を知っているので、注意はしているが、提出時に自分の解答を

清太郎のものとし、自分は未提出にした。

後になって事実が判明し、錦之助はこっぴどく叱られ、不逞《ふてい》の輩《やから》として学問所に相応《ふさわ》しくないと退学させられたのだ。一方、清太郎の方は、

——私の解答を破いて、錦之助が勝手にやったことだ。

と言い張った。

何の悪戯《いたずら》かと錦之助は思ったが、相手は三千石の旗本の御曹司だ。もし〝身代わり〟が事実だとしても、学内の試験のことくらいで大騒ぎになるわけがない。まるで諦観《ていかん》したかのように、錦之助は甘んじて学問所を辞めたのであった。

「言い訳をするな。義を言うな」

と言うのが、父親の口癖だったからである。義を言うなというのは、正論は言うものの、何も実行しない者への批判である。

「そうか……森下先生が不正をな……ま、さもありなんてとこか」

錦之助はほんの少し、ざまあみろというような顔になった。

「じゃ、清太郎もうまく出世しているのだろうなあ」

「まだ父親が勘定奉行に在職中だが、いずれ大坂《おおさか》町奉行か遠国《おんごく》奉行をやるだろうと噂には聞いているけどな」

「そうか。それはよかったじゃねえか」

「しかし、森下先生が学問所を追放されたことで、それもどうなることやら……清太郎の立場も危ういだろうなあ。洒落《しゃれ》じゃないぞ」

「……どういうことだ」

「だって、清太郎は森下先生の娘、邦女《くにじょ》さんを嫁に貰ったからな」

「あ、ああ……そうだったな……」

わずかに表情が曇った錦之助を見て、和馬は余計なことを言ったと口をつぐんだ。邦女は森下の娘だったが、誰もが憧れる高嶺の花だった。実は、邦女は歌舞伎役者ふうの錦之助に少し惚れていた。だが、錦之助の方はさほど好きではなかった。にも拘《かか》わらず、森下は娘が錦之助に惚れては困る、いずれ旗本に嫁にやる腹づもりだったからである。

このことも、錦之助を学問所から追い出した理由のひとつかもしれない。もちろん、表向きは試験で不正を働いたからだが、和馬はなんとなく違和感を抱いていた。

「――錦之助。おまえ本当は、邦女さんに惚れてたんじゃないのか」

「全然……」

「でもって、うまくいかなかったから、世を拗《す》ねて板前なんぞになって、おかめを嫁に貰ったんじゃないのか」

「おい、和馬──」

一瞬、錦之助は険《けわ》しい目になって、縁側の和馬を見上げて、

「俺の女房のことを、おかめなんぞとぬかしやがると、刺すぞ。二度と言うな」

と包丁を向けた。

「おい……冗談だよ……相変わらず洒落が通じぬ奴だなあ」

「言ってよい冗談と悪い冗談がある。てめえ、深川の人々に施しをしているが、それはただの自己満足じゃねえのか。所詮《しょせん》、侍はそうやって偉ぶってるんだ」

錦之助の心を傷つけたことは間違いないが、和馬は戸惑っていた。

「ガハハハ。そのとおり！」

厨房の方から、吉右衛門が歩いてきた。皿には味噌田楽《みそでんがく》やおでんにした練り物などをずらりと並べてある。

「和馬様は人の心がいまひとつ読めぬところがあって、私も常々、なんかズレてると思ってたのです。やはり、そうですか……思ったことを口にするのは悪い癖です。それで悪びれてないから余計、始末が悪い。ガハハハ」

「それは、おまえだろう」

和馬が子供のように言い返すのを、錦之助は噴き出して笑った。一瞬にして和やかな雰囲気に戻ったが、吉右衛門は心の片隅で、

――なんとなく嫌な予感……。

がしていた。

二

番町《ばんちょう》には千石以上の大身《たいしん》旗本の屋敷が並んでいる。高山家とは比べものにならぬ立派な長屋門ばかりで、大名の上屋敷並みの所が沢山《たくさん》あった。

その一角、緩やかな坂の途中に、立花家の屋敷が威風堂々と聳《そび》えていた。番小屋がふたつもあり、まさに見上げる門だった。

門が開かれており、石畳の奥にある玄関には、数人の商人が押しかけていた。いずれも富豪と称して良さそうな身形《みなり》であり、物腰も上品であった。だが、賄賂《まいない》など付け届けに来ている様子ではなく、険悪な雰囲気が漂っていた。

「お願いでございます。立花様。このままでは、私たちの店は潰れてしまいます」

「そうですとも。なんとか取り締まって下さいませ」

「放っておかれるのは、まるで蛇《へび》の生殺しでございます。町奉行様も相手にしてくれません。これは勘定奉行様の事案であると」

「どうか助けて下さい。私たちの商品は取られ損ではないですか。まるで盗っ人に追い銭。死ねというのですか」

「中には店を畳むどころか、一家心中せざるを得なかった人もいるのです。どうか、どうか、お計らいを」

切実な口調で、商人たちは思いの丈《たけ》をぶつけている。

その前に立って訴えを聞いているのは、勘定奉行の立花主計頭真胤《かずえのかみまさたね》である。いかにも大身の旗本らしい堂々とした面《おも》立《だ》ちと体軀である。濃い眉毛や立派な鼻は意志の強さを感じる。

「落ち着け、皆の者。それでも公儀《こうぎ》御用達《ごようたし》商人なのか」

厚い唇をへの字に曲げて、立花主計頭は太鼓のような野太い声を発した。威圧的な口調に、商人たち一同は恐縮した。

「おまえたちの訴えについては、町奉行とも連携の上、勘定奉行所でも調べておる」

勘定奉行所という役所はない。この役職に就いた旗本の屋敷が役所代わりである。

もちろん、勘定奉行が江戸城内の上勘定所と下《しも》勘定所を支配しているのはいうまでもない。しかも、幕閣が居並ぶ場で財政について説明をし、評定所《ひょうじょうしょ》という幕府最高諮問機関を担っている。町人がおいそれと会える人物ではないのだ。

「しかし、立花様……」

商人の中の筆頭格である呉服問屋『淡路屋《あわじや》』の主人・市右衛門《いちえもん》が、懸命に訴えた。

「この数年来、大店《おおだな》を狙った騙《かた》り商いは、後を絶ちませぬ。騙り商いとはご存じのとおり、大量の商品を買うと約定《やくじょう》を交わし、それを搬出させたまま姿をドロンと消してしまう輩です。まさしく白昼堂々と、泥棒を働いているのです」

「泥棒、とな……」

「それ以外に例《たと》えようがございませぬ」

「しかし約定を交わしているのであろう。相手も確かめず、手付も打たせずに商品を渡すとは、おまえたち売る側の落ち度もまったくないとはいえまい」

「まったく手付け金を貰ってないわけではありません。総額の五分から一割に相当するものは受け取っております」

「ならば、商談は成立しているということではないか。これは不払いの事案ゆえ、取り立ててしかるべき。それでも相手が応じぬ不履行ならば、町奉行所の懸案だ」

「そこが少しややこしいのでございます。相手は、すっかり姿を消してまして、訴えようにも相手が分かりません」

「さてもさても、欲をかくからそうなるのではないか」

主計頭が皮肉っぽく目を細めると、市右衛門は泣きそうな声になった。

「いえ、それはあんまりです……商売とはお互いに信用して行うもの。相手が初めから騙しているなどとは考えもしません」

市右衛門が語気を強めると、他の商人たちも同調して大きく頷いた。

「それに、騙り商いをする者たちは、公儀御用達の御用札はもちろんのこと、上方《かみがた》の名のある大店の屋号、諸藩の御用商人などを名乗っておりますから、こちらとしては端《はな》から怪しむわけもなく、取り引きに応じるのです」

「やはり、おまえたちの欲に付け込まれたのであろう。話に聞いておるのは、店の売り物を丸ごと仕入れるような大きな話だ。初めての相手を、無条件に信じてしまうのは如何《いかが》なものかな」

「ですが……ご老中や若年寄の名を出され、そのご家中のお侍様まで同行されれば、信じてしまいます。中には、立花様の名を騙った者もいるのでございますよ」

「なんだと」

主計頭が異様なほどピクリと頬を引き攣《つ》らせると、後ろに控えていた商人が、自分がそう言われて騙されたと訴えた。

「かくも、此度《こたび》の騙り商いは、私たち商人たちだけの問題ではなく、お偉いお武家様を巻き込んで騙しているも同然です。断固、探し出して、きついお裁きをなさって下さい」

「しかし、店ごと買い取るほど大量に騙し取った商品は、何処《どこ》でどう売るのだ」

呆れながらも、主計頭は訊いたが、裏の事情ははっきりしなかった。

「そこが分からないから、不思議なのです……あれだけの大量のものを、どうやって処分しているのか、私たちも不思議なのです。もしかして異国に運んで売り飛ばしているとか……」

「いずれにせよ……」

やはり主計頭はいまひとつ乗り気のない表情で、

「商行為が成立しているのであれば、盗みで探索することはできまい。もし相手が見つかっても、騙すつもりはなかったと居直られたら、それ以上のことは咎《とが》めることはできぬ」

「でも現《げん》に、大損をした者が訴え出てきているのです。勘定奉行様が営みをお許しになっている両替商にも被害が及んでおります」

「両替商にも、とな」

「はい。私どもとの商談が成立した約定書を見せて、金を借りたりしているのです。それも踏み倒していますので……」

市右衛門は興奮のあまり、身を震わせながら咳《せ》き込んだ。

「落ち着け、『淡路屋』……」

主計頭は小さく頷きながら、目の前の商人たちの顔を眺めた。

「騙り商い……そこまで阿漕《あこぎ》なことをしているとなれば、いま一度、調べてみねばなるまいな。なるほど、盗みではないから、北町の遠山殿はこちらへ振ってきたか……」

しばらく唸りながら考え込んだ主計頭は、もう一度、市右衛門を見据えると、

「持ち逃げした輩をとっ捕まえて、残りの代金を支払うか返品するかを、公儀の裁きでつけるしかあるまい」

と言った。

「だが、騙した相手を見つけるのが先決だ。それは町方に任せるとして……まっとうな商人を陥《おとし》いれて、暴利を得ている輩がいるとしたら、断固、始末をつけねばなるまい」

主計頭はしかと承《うけたまわ》ったと心強い返事をしたが、市右衛門はこれまでも遅々として進まなかったことに不安を感じていた。

その様子を――。

玄関の奥で、息子の清太郎が窺《うかが》っていた。見るからに頼りなげだが、何処となく底意地が悪そうな面相でもある。

「ふん。いつも偉そうにしてるくせに、この愚か者どもが」

ひとり呟いて振り返ると、そこには若妻の邦女が立っていた。島田髷《しまだまげ》に地味な花柄の小袖姿で、武家のご新造《しんぞう》という雰囲気はなく、むしろ奥女中のようであった。少し憂いを帯びている目のせいか、暗い印象である。

「なんだ、邦女か……驚くではないか」

「申し訳ありません」

「それに女のくせに、表に出てくるとは何事だ。しかも玄関まで、また父上に叱られるぞ。おまえがではない、俺がだ」

「少し体の調子が悪いもので、旦那様に慰めていただこうと……」

「何を寝惚《ねぼ》けたことを言うてるのだッ……」

声を上げそうになった清太郎だが、ぐっと堪えて邦女の手を摑むと、廊下を奥の部屋まで引っ張っていった。

自分の部屋に着くなり、清太郎は邦女を突き飛ばした。よろけて倒れる妻がしたたか顔面を打ったにも拘《かか》わらず、清太郎は憎々しげに悪《あ》し様《ざま》に罵《のの》しった。

「おまえはバカか。嫁に来て何年になるのだ。少しは身を弁《わきま》えろ」

「も、申し訳ありません……」

「そうやって謝れば済むと思ってるのか。おまえのせいで、俺は父上から小言や皮肉ばかり突きつけられ、旗本仲間からも小馬鹿にされている。お陰で出世が遠のいた。同い年の岩下駿之助《いわしたしゅんのすけ》はとうに役職に就けたのに、俺は嫡男なのに未だに部屋住み同然だ」

声こそ殺してはいるものの、胸の起伏が激しくなるほど感情を剝き出しにしている。

邦女はそんな清太郎の顔を恐れるというよりも、憐れむ目で見上げている。

「——私のせいなのですか……役職に就けないのが」

「そうだ。それも分からぬのか」

「私のせい。そ、そうなのですね……」

悲痛な目から生気すら消えて、絶望的な表情になった。それでも清太郎は怒りを抑えるどころか、さらに憎々しげに、

「本来なら、遠国奉行になってるはずだ。そこから江戸に戻ってくれば、なにがしかの奉行に就き、さらには父上を継いで勘定奉行になる道筋ができているのだ」

「…………」

「一年遅れを取れば、取り戻すのに三年はかかるといわれている。その間に、岩下はもっと出世をする」

「人と比べてはならない、父はそう言うておりました」

「黙れ。おまえが嫁に来たせいだ」

清太郎は倒れたままの邦女の前に座り込むと、その顎《あご》を掌《てのひら》で上げて、

「この美しい顔には、とんでもない貧乏神が宿っていたようだな」

「旦那様……」

「そう呼ばれると背筋が凍る。おまえなんぞ、女中でも十分だったのだ」

「で、でも、私を嫁にと望んだのは、清太郎様……あなたではありませぬか」

邦女が今にも泣き出しそうな顔で言うと、清太郎は吐き捨てた。

「よくも、いけしゃあしゃあとッ。たしかに、俺はおまえの美貌に惚れた。だが、俺の女にしたのは、他の奴を羨ましがらせたかったからだ……覚えてるだろう。俺がおまえを嫁にすると言ったときの学問所仲間の面々を」

「……知りません……私は、清太郎様にぞっこん惚れられたと思っておりました」

「だったら親父はどうだ」

清太郎はさらに底意地が悪そうな目になって、

「おまえを立花家の嫁にすることによって、学問所内でも出世をしたではないか」

「いえ、決してそのようなことは……」

「それ以外に考えようがあるまい。挙げ句の果てに、学問所の金を着服して姿を消した。そんな不祥事を起こされて、こっちにまで迷惑がかかっているのだ。おまえは立花家の面汚《つらよご》しなんだよッ」

吐き捨てるように言ったとき、主計頭が廊下から険しい顔で入ってきた。いきなり清太郎の頬を叩いて、

「愚か者めが。己の不甲斐なさを、嫁のせいにして何とする」

「ち、父上……聞いていたのですか」

「声を顰《ひそ》めているつもりかもしれぬが、玄関まで丸聞こえだ。篤《とく》と反省をせい」

主計頭は叱りつけると、邦女には労《いたわ》るような優しい目を向けて、

「苦労をかけるな、邦女……私は、あのお父上が不正を働くような人物とは思うておらぬ。一角《ひとかど》ならぬ学者だ。林家の者たちも認めておる。何かの間違いだ。私も尽力す

るゆえ、心穏やかにな」

と声をかけた。

叩かれた頬に掌を当てながら、清太郎は憎たらしそうに、立ち去る主計頭の背中を見ていた。そして唾棄《だき》するように、

「ちっ。年寄りのくせに、いつまでも勘定奉行職にしがみついてるんじゃねえぞ」

と呟いた。

そんな夫の姿を、邦女は憐れむような目で見つめていた。

三

萬屋《よろずや》『万福堂《まんぷくどう》』という金文字の看板が、富岡八幡宮の表参道に現れてから、一年ほどが経つ。参拝客目当ての大安売り店だが、手代や小僧たちもみんな若くて威勢がいいせいか、客足が絶えない。

ただ場所柄、あまり品がよいとはいえず、近隣の茶屋や食べ物屋、土産物屋《みやげもの》などは迷惑そうな顔をしていた。

「さあ、いらっしゃい、いらっしゃい。そんじょそこらの安売り屋じゃないよ。品物

も諸国から集めた新品の逸品ばかりだい。買わなきゃ損だよ、お客さん。安過ぎて卒倒するぜ。富岡八幡宮の縁起物だから、運がつき幸せも訪れるってもんだ。さあさあ、持ってけ泥棒」

などとテキ屋の啖呵売《たんかばい》みたいな客寄せをしている。店の間口《まぐち》はそこそこあるものの、参道にはみ出して並んでいる人だかりは、往来の邪魔にすらなっている。

町名主の徳兵衛《とくべえ》が、客を押し分けて店に入ってくるなり、

「主人の総右衛門《そうえもん》さんを呼んでおくれ。ちょいと話がある」

と帳場にいた番頭の宅兵衛《たくべえ》に声をかけた。徳兵衛は富岡八幡宮の氏子《うじこ》総代もしており、木場深川町を含めた一帯の町名主である。徳川家康《とくがわいえやす》の施策によりこの地域を埋め立てた、深川八郎右衛門《はちろうえもん》の子孫だからか、不動明王のような恰幅もあった。

店の奥から出てきたのは、まだ三十絡みの若い主人だった。にっこり笑った恵比須《えびす》顔は人当たりがよさそうに見えた。

「これは町名主さん。いらっしゃいませ」

丁寧な口調で揉み手をしながら、総右衛門は頭を下げた。

「いらっしゃいませ、じゃないでしょ。先だってからの話はどうなりました」

徳兵衛の方は少し苛《いら》ついたように、

「ここではなんですから、奥で話、できますかね」

「ええ、どうぞ、お入り下さい」

総右衛門は招きながら、宅兵衛に向かって、

「番頭さんや。お茶をお出ししなさい」

と声をかけたが、何やら怪しげな表情に変わって目配せをした。

奥座敷に入った総右衛門は、出された座布団に座るなり、すぐに文句を言った。

「商いをするなとは言いません。でも、ここは富岡八幡宮の表参道です。下品な叩き売りはやめてくれないかね」

「下品な叩き売り……ですか」

にこりと目尻を下げたまま、総右衛門は訊き返した。

「参拝の邪魔になるから、人だかりをどうにかして下さいと何度も言いましたよね」

「申し訳ありません。手代たちも気をつけているんですが」

「そんなふうには見えませんがね」

「でも、うちは米や油、絹に太物《ふともの》、俵物《たわらもの》から漆物《うるしもの》や茶碗まで、何でも売っている安売りの店ですから、客は永代橋《えいたいばし》を渡ってでもやってくるもんで……そのお陰で富岡八幡宮に参拝する人も増えたし、近在の店にも客が立ち寄るから有り難いという人もい

ますよ」

「品性に欠けると言ってるんです」

「お言葉ですが、浅草寺《せんそうじ》や上野寛永寺《うえのかんえいじ》、芝《しば》の増上寺《ぞうじょうじ》なんかでも、門前町といえば賑やかですがね。富岡八幡宮もたしかに人の出は多いですが、もっともっと集まってよい所だと思いますよ。うちの店がそのキッカケになってくれると嬉しいんです」

口振りは穏やかだが、徳兵衛の話などまったく意に介していない。総右衛門はそういう態度であった。

「――では、言わせて貰うがね……江戸市中では売れない物ばかりだから、ここで店を開いたのではないのかね」

「どういう意味です」

徳兵衛は部屋の中を見廻しながら、

「床の間の掛け軸や壺はかなりの値打ちのものだ。私が見立てたところでも、売られている物はかなりの上物ですが、一体、何処で仕入れているのです」

と値踏みするような目で、総右衛門に訊いた。

「それは色々な所からです。私は元々、近江《おうみ》商人の流れで行商をしていたもので、諸国津々浦々《つつうらうら》に顔が利くんですよ」

どうせ出鱈目《でたらめ》だろうと徳兵衛は思っていたが、皮肉を込めて言った。

「ほう、その若さで立派なもんだ。でもね、人の口に戸は立てられないんですよ」

「町名主さん……さっきから奥歯にものが挟まった言い方をなさってますが、はっきり言って下さって結構ですよ」

「盗品ではないか、という噂がある」

徳兵衛は相手を凝視して言うと、あまりに唐突《とうとつ》だったのか、総右衛門はしばらくキヨトンとしていたが、大笑いして、

「何を言い出すのか思えば……いやいや、それはあんまりではございませんか」

「私も木場深川町一帯を任されている身だ。しかも、この辺りには岡場所などもあるから、怪しげな連中も関八州から流れてきている。まっとうな人間かそうでないかくらいの目利きはできるんだよ」

「まるで、ならず者扱いですね」

「まごうかたなき悪党です」

挑発するために言っているのか、徳兵衛の眼光が鋭くなった。

そこに、番頭の宅兵衛が入ってきて、「どうぞ」と茶を差し出した。湯気がほんのり揺らめいている。徳兵衛は手もつけず、

「惚《とぼ》けるのなら、ここにある商品、何処から仕入れてきたか言ってみましょうか」

「…………」

「日本橋や神田界隈《かんだかいわい》で、騙り商いをしていた連中がいたのだが、そいつらが集めたものだ。これらの品々は一旦、小名木川《おなぎがわ》の岩下橋《いわしたばし》近くにある〝釜座《かまざ》〟に集められる」

釜座とは、梵鐘《ぼんしょう》や釜、鍋などの鋳造業者のことである。京三条《きょうさんじょう》の釜座がよく知られているが、かつては朝廷の保護を受けていた。深川のこの辺りは、徳兵衛の先祖伝来の地所や田畑があった。

「釜座は別の所に移ってますが、工房や屋敷だけが残っている。裏手に大きな蔵があり、盗んだ物を保管しておくのに便利だ」

徳兵衛が睨みつけて言うと、恵比須顔の総右衛門の目の奥がわずかに光った。人の心を剔《えぐ》るような鈍い色である。

「——町名主さん……人には言っていいことと悪いことがあるのではありませんか」

「本当のことを言っている」

「何がです」

「町奉行や勘定奉行、さらに町年寄からも、私たち町名主には、様々な通達と同時に、気をつけねばならぬ話が届いているんです」

「気をつけねばならぬ……とは」

「まず値崩れしたような商品を扱うのは、問屋組合を無視した不法な行為であること。出所の分からない商品を扱うのは御法度《ごはっと》であること。また冥加金《みょうがきん》や運上金《うんじょうきん》を弾くためのきちんとした帳簿などが町年寄に出されていないこと……」

強く言い募る徳兵衛を、総右衛門は見つめ返したまま、

「だから？」

「私は、町年寄の樽屋《たるや》さんに命じられて、おたくを監視する立場にあるんだ。いいですか。今言ったとおり、帳簿を差し出してくれますかね。きちんと仕入れ先を記したものを」

「…………」

「如何ですか」

「商いは勝手次第。お上に許されてやるものじゃありませんが……分かりました」

総右衛門は恵比須顔に戻って、宅兵衛に頷いた。すぐさま宅兵衛は、「少々、お待ちを」と徳兵衛に頭を下げて立ち去った。何事かと訝《いぶか》しんでいる徳兵衛に、総右衛門は自分の配慮のなさや、今後は表参道に客を溢れさせない手立てを取るなど対策を講じ、運上金も払うと説明した。

帰ってきた宅兵衛の手には、白い桐箱があり、徳兵衛の前に差し出した。

「――何ですかな、これは」

「毎月差し上げます。もちろん運上金としてですが、ここから町名主さんが幾ら懐《ふところ》に入れても、誰も咎《とが》めますまい」

宅兵衛が蓋《ふた》を開けると、封印小判がぎっしりと十個詰まっている。二百五十両あるということになる。

徳兵衛の目が驚愕で見開いた。さしもの町名主でも縁のない大金である。

「こんなもので、私を黙らせようとでもいうのですか」

「まさか。此度はご迷惑をおかけし、お世話になっている御礼でございますよ。足りなければ、もう一箱、お持ちします」

「ば、ばかにするな」

「とんでもございません。ほんの気持ちでございます。私ども『万福堂』はこの店だけではなく、江戸にあと、数軒作ることになっております。すでに上方《かみがた》にも三軒ばかりありますが、私の夢は諸国の城下町に『万福堂』の看板を上げることなんです」

「…………」

「町名主さんから見たら、私はまだ若造の店主ですが、本店の総支配は五十過ぎておりまして、かなりの遣り手です。ですから、遠慮はいりません。さあどうぞ……これで、町のことも色々とできるのではありませんか」

総右衛門自身が桐箱を抱えて、徳兵衛の腕に持たせた。ずっしりと重い感覚があって、徳兵衛は打ち震えた。冷や汗すら吹き出てくる顔つきに変わったが、しばらくすると、

「――分かりました……そこまで言うのなら、有り難く……」

後は言葉にならず、徳兵衛は息を呑み込んだ。

「ようございました。これで、私も江戸で指折りの名所、富岡八幡宮の商人、いや住人として、ますます頑張れる励みになります。これからも、どうぞ宜しくお願い致します」

にこにこ笑いながら頭を下げる総右衛門ではなく、目の前の大量の小判に、徳兵衛の目は釘付けのままだった。

その時、突然、中庭から声が上がった。

「いやあ、それだけあれば、深川診療所も助かりますなあ」

ギクリと振り返った総右衛門が警戒するような目になると、吉右衛門が立っていた。

徳兵衛が慌てて桐箱に蓋《ふた》をして答えた。

「この人は吉右衛門さんです……小普請組のお旗本、高山和馬様とこの……」

「ただの使用人です」

吉右衛門も笑顔で頭を下げると、総右衛門は訝しんだまま、

「いつから、そこに……」

「お店がごった返しているので、失礼をばしました」

ずけずけと近づいて縁側に、よいしょと座り、

「森下幽斎先生についてお訊きしたいと思いましてな」

と振り返った。

「――森下幽斎先生……」

「よくご存じでしょ。うちの若旦那様と一緒に学問所で……高山家とは比べものにならない、立派なお旗本の立花清太郎様や錦之助さんという料理人とご一緒だったはずですが。あと与力の坂本様とか」

問いかける吉右衛門の顔を覗き込み、

「それが何か……いえね、私はたしかに、町人の分際で、聖堂《せいどう》まで講義を聞きに行ってましたが、お武家様とは別の部屋で、聴講している類《たぐい》でして……」

「あ、そうでしたか。いえね、和馬様はよく覚えてましたが、覚えてませんか」

「あまり……」

「さいですか。まあ、和馬様も目立たぬ地味な人ですからね。では、錦之助さんの方は」

「覚えてますよ。同じ町人部屋でしたから。それに、なかなかの美男子で」

「今でもいい男ですよ。面倒見もよろしいですしね……」

「で、訊きたいというのは」

「森下先生が、まあその不正をしたとかですが、居所が分からないのです。ご存じないかと思いましてね」

「知りません。どうして、私に……」

「いえ、知らないのならいいんです。和馬様も探しておいでですので、何か分かったら宜しくお願いします……私も何か買って帰るとしますかな。この袖無し羽織もずいぶんとくたびれてますすでしょ」

吉右衛門は立ち上がると、徳兵衛に向かって、

「では、町名主さん。深川診療所にもご寄付、お願い致しますよ。むふふ」

と曰《いわ》くありげに微笑して立ち去った。

「――なんなんですか、あのご老体は……」

気になる総右衛門が訊いたが、徳兵衛は曖昧に頷くだけだった。まずいところをみられたとバツが悪そうな顔をしていた。

四

数日後、錦之助はまた高山家に出かけて、子供らを相手に魚の捌き方や焼き方、根菜のあくの取り方、美味しい煮方などを教えた。さらに一仕事を終えて店に戻り、

「おい、帰ったぜ」

と錦之助は声をかけた。だが、女房の返事はなく、店や奥の部屋にいないどころか、周辺を探しても見当たらなかった。

「いつも、誰にもついていくなって、あれほど念を押していたのに……」

暖簾を出す刻限なのに、何処へ行ったのか不思議でしようがなかった。店の下準備もしていないので、錦之助は少しばかり苛ついた声で、「いい加減にしろ」と言った。

女房のおいとは元々、何処の誰か分からない女だった。

ぶらりと店の前に現れたのを、まるで迷い猫を拾ったように、錦之助は住まわせたのである。知らぬ人についてきていたが、帰り道が分からなくなったなどと、嘘か本

当か不思議な女だなと思っていた。

おいとというのが、本当の名前かどうかも、実は不明である。どうせ、すぐいなくなるだろうと思っていたが、意外に長く居着いていた。すると、なぜか店に客が増え始め、そこそこ繁盛してきたのである。

和馬の屋敷に転がり込んできた吉右衛門の話を聞いて、

――もしかしたら、この女も福の神かも。

と思い、同居させていたのだが、しぜんと夫婦になってしまった。

頭が弱いのかなと思っていたが、なぜか算盤《そろばん》は得意で、気立ても良く、おかめなのに人に好かれる。思いたったように、ふらふらと出歩く癖があり、これまでも何度かいなくなることがあった。かといって縄で縛りつけておくわけにもいかず、錦之助は出かけるときには念を押すのだった。

おいとがいなくなったら、客足が途絶えるのではないかという不安もあるが、それ以上に女房の身が心配なのだ。

日暮れ近くなっても帰ってこない。さすがに心配する気持ちが高まってきた。番屋に届けて、探して貰おうと思ったとき、ガタッと扉を開けて、うらぶれた中年男が入ってきた。

「あ、すまないね……ちょっと今、取り込んでて暖簾はまだ……」

錦之助が言いかけると、中年男は膝から崩れるように店の中に倒れ込んできた。

「おいおい……」

とっさに抱きとめた錦之助だが、勢い余って自分も一緒に土間に頽《くずお》れてしまった。

それでも懸命に抱え上げて、腰掛けにしている樽に中年男を座らせた。

「もう酔ってるのかい。日はまだ……」

言いかけた錦之助の顔が一瞬、吃驚《びっくり》して凍りついた。まじまじと見つめていると、
相手も必死に手を伸ばしてきて、

「久しぶりだな、錦之助……み、水を一杯……くれないかね」

と力ない声で、哀願するように言った。

「――先生……どうしたんです、こんな……」

見るからに見窄《みすぼ》らしい中年男は、学問所の教授だった森下幽斎である。錦之助は驚きながらも体を支えた。

「待って下さい。すぐに……」

錦之助は厨房に駆け込んだ。水瓶《みずがめ》から湯呑みに水を注いできて差し出すと、森下はしがみつくように湯呑みを取り、ゴクゴクと喉《のど》を鳴らして飲み干した。

　ふうっと息をついて、もう一杯と所望したので、錦之助は言われたとおりにした。落ち着いた様子の森下に、

「何があったのです、先生……噂には聞いてますが、先生らしくもない」

　と優しく声をかけた。

「まだ先生と言ってくれるのかね」

「そりゃ、先生ですから……」

「あんなに酷い仕打ちをしたのに、てっきり恨んでいるのかと思ったよ」

「恨んでますよ。でも、済んだことですからもうどうでもいいです。十年近くも前の話ですしね」

　錦之助は尋常でない森下の様子を感じていた。妙にぶるぶると震えているのは、暮らしに困窮しているからではなく、恐怖心からではないかと察したからだ。

「この店のこと、知ってたのですか」

「いや……まさか飯屋なんぞになってるとは、思いもしなかったが、教え子から聞いてな……つい来てしまった。他に頼る所もなくなったのでな」

「飯屋なんぞってのは心外ですが、まあいいです。何があったのです」

「いやいや、おまえのような秀才の芽を、私は摘んでしまったのかもしれぬ。あの頃

は色々とあって、このとおりだ、済まぬ」

　膝に手を置いて深々と頭を下げた。

「そんなことしないで下さい。何があったのです。私でよければ、力になりますよ」

「——私でよければ、力になる……」

「ええ。たかが飯屋ですのでね、できることには極々《ごくごく》、限りがありますが」

　冗談交じりに錦之助が言うと、森下はまじまじと顔を見つめて、

「本当に憎んでないのかね、この私を……」

「さっき言ったとおりです」

「そうか……そうなんだな……」

　錦之助を凝視していた森下は、唇を振るわせると、突然、ううっと嗚咽《おえつ》した。

「どうしたのです、先生」

「——あんな酷い目に遭わせた私を……こんなふうに接してくれたのは……教え子の中でおまえだけだ……私は、私は……」

　言葉に詰まって、ただただ泣き出す森下を、錦之助は黙って見ていた。

「私は間違っていたのかもしれない、子弟の育て方を……すまない……本当にすまなかった、錦之助……」

食台につっぷして涙する森下には、幕府の学問所で教鞭を執っていたときの、自信に満ちた風貌はまったくなかった。錦之助は何も言わず、黙って見守るしかなかった。

外は風が吹いてきて、すっかり暗くなっている。まだ、おいとは帰ってこない。

「先生……実は今、女房がいなくなって困ってるんです」

錦之助の言葉に、森下は少しだけ顔を上げ、

「えっ……女房がいるのか」

「はい」

「そうか……そうだろうな。役者のような二枚目だからな。私の娘、お邦もおまえに……いや、そのことはいい……いなくなったとは、どういうことだ。喧嘩でもしたのか」

「帰ってこないのです。私はちょっと探しに出たいのですが、先生のことも心配です。よかったら、和馬の所へ行きませんか。奴なら俺よりずっと頼りになりますよ」

「和馬……？」

「高山和馬ですよ。小普請組旗本の」

「学問所にいたのか」

「覚えてないのですか。俺と坂本源之丞が悪さをしたとき、必ず間を取り持ってくれ

ていた奴ですよ」

「知らん。分からん」

「……見れば思い出しますよ。さあ、参りましょう」

強引に誘い出したが、森下は本当に和馬のことを覚えていない様子だった。

錦之助は押しつけるように、森下を高山家に置き去りにして、女房を探すために立ち去った。

だが、おいとが出かけてしばらく帰ってこないのは毎度のことだから、和馬はさほど心配していなかった。どうせ、

「あはは、また道に迷っちゃった」

と笑いながら店に立っているであろうと想像していた。

それより目の前に現れた恩師のうらぶれた姿に、和馬は驚いていた。腹が減っているのであろう、吉右衛門が差し出した炊き込みご飯と、味噌汁を美味しそうに食べていた。

「先生……学問所の金に手を出したというのは、本当ですか」

唐突な和馬の問いかけに、森下は噎《む》せそうになった。

「私には先生が、そんなことをするとは到底、思えません。厳しかったけれど、徳心

と慈悲に満ちておりました。先生のお陰で、私もそれなりに貧しい人や病める人たちの一助になれればと思って暮らしてます」

「ああ、錦之助から聞いた。だがしかし……おぬしのことは申し訳ないが、あまり覚えておらんのだ……いたような、いなかったような……すまぬ」

「目立たない門弟で、錦之助や源之丞のように学問も秀出《ひい》てませんでしたから」

「だとしたら、儒学を教える立場にありながら、人を見抜けなかったということだな……おぬしのように目立たぬ子が立派な人間になったのは嬉しいが、私は秀才の誉れの高かった錦之助から学問の道を奪い取り、人でなしばかりを作ったことになる……」

　自虐めいて言う森下に、和馬は励ますように言った。

「そんなことはありませぬ。みんな立派になってるではないですか。あの嫌味だった立花清太郎も……あ、失礼しました。先生の娘さんが嫁に入られ、実に立派になったと聞いております」

「いや……」

「同じ旗本とはいえ、天と地の違いですが、湯島聖堂で共に学んだことは誇りです」

「何が誇りなものか」

今度は吐き捨てて、森下は絶望したように唇を嚙んだ。

「実はな……私は何ひとつ悪いことなどしてはおらぬ。罠に嵌《は》められたのだ。そのことで、真っ先に清太郎に助けを求めたが、無実を証してくれるどころか、『嫁の父親が咎人だなどと世間に知れたら、立花家の沽券《こけん》に関わる。私の出世にも響く。直ちに縁を切ってくれ』と罵られた」

「まさか、そんな……仮にも義父ではないですか」

「邦女も随分と、肩身の狭い思いをしているようだ。私のせいだ……他の教え子たちも同じだ。中には、町奉行所や評定所などに奉公している者もおる。だが、みんな関わりを避けようとしてな、けんもほろろだ」

森下は項垂《うなだ》れて深く長い溜息をつくと、呆れ果てた声で、

「そんなに私のことが信用できぬかのう……あんなものはただの噂だ。私は、ある事件に関わって、真相を暴こうとしたのだが……学者風情が余計なことをするから、こんな痛いめに遭うんだな……自業自得《じごうじとく》か」

と自分を責めた。

「──ある事件……とは何ですか。詳しく話して下さいませぬか。微力ながら手助けしたいと存じます。事と次第では、北町奉行の遠山左衛門《さえもんの》尉《じょう》様にお頼みしても構

いません」

思いがけない和馬の言葉に、森下は目を向けた。

「おぬし、遠山様と知り合いか」

「ええ、まあ……私自身はあまり頼りになりませんが」

「手助けしたい……そんなことを言われたのは初めてだ。まことか。信じてよいのか」

よほど辛い思いを重ねてきたのであろう。森下は藁《わら》をも摑む態度で、和馬に両手をついて頭を下げた。

「先生……そんな真似はやめて下さい。本当に私は先生のことが心配なのです」

「――では遠慮なく、我が身に起こったことを話してみたい……」

一度背筋を伸ばすと、森下は嚙みしめるように話し始めた。

傍《かたわ》らにいた吉右衛門も耳を澄ませて、じっくりと聞いているうち、あっという間に夜は更けていくのであった。

五

その頃——とある武家屋敷の離れらしき所に、おいとはいた。

花柄の綺麗な着物姿で、髪も崩し島田に結い金簪が揺れている。一膳飯屋で働いている姿とはまったくの別人である。

金泥《きんでい》の天井や立派な襖絵《ふすまえ》、屛風《びょうぶ》で彩られた室内は、それなりの武家であることを物語っていた。障子の外には広い濡れ縁があり、その先には枯れ山水が広がっている。

おいとは不安げな顔で大人しく座っているが、その前にはまだ若い殿様風の男が座っており、ニコニコと微笑みかけていた。

傍らには、五十絡みの武士が座っており、いかにも老獪《ろうかい》そうな顔で煙管《きせる》を吹かしている。さらに次の間《ま》には、腕利き揃いという雰囲気の家臣が、数人控えている。

「馬子《まご》にも衣装というが……まこと、こんなおかめでも美しく見えるのだな」

五十絡みの武士が煙管を吹かすと、若様風は絵筆を持って、さらさらと紙に美人画もどきを描いた。手慰みでやっている程度のようだが、それなりに美しく描いている。

「ほれ、もそっと笑わぬか。仏頂面《ぶっちょうづら》をしていると、せっかくの美形が台無しじゃ」

「美形……？」

　プッと噴き出して笑う五十絡みの武士に合わせるように、他の家臣たちも笑った。

「何がおかしいのだ、玄蕃《げんば》。この者は、私が探し求めていた天下一の天女だ」

「蓼《たで》食う虫も好きずきですから、若様のご勝手ですが、美形とはあんまりな……この田崎《たざき》玄蕃。五十余年生きてきましたが、珍しいの一言に尽きます」

「なんじゃ、その言い草は」

「とにかく、大切な人質《ひとじち》なのだから、決して目を放すでないぞ、よいな」

　玄蕃と呼ばれたのは、若殿の側用人《そばようにん》なのであろう。家臣たちに命令をすると、一同、真剣なまなざしで頷いた。

「勘弁して下さいまし……」

　おいとは泣き出しそうな顔で言った。だが、玄蕃はほくそ笑みながら、

「美しい花はそこにあるだけで心和むというが……いやはや、聞くと見るとでは大違い。とんだ噂だったのう、おまえたち」

　とからかうように言うと、家臣たちも合わせて小馬鹿にしたように笑った。

「それにしても田崎様……女房を人質に取ったのはよろしいが、あの立花様が素直に言いなりになるとは思えませせぬが」

「かもしれぬが、交渉次第だ。後は儂に任せておけ」

「——立花……？」

おいとは呟いて首を傾げて、田崎を見やった。

「悪いがな、おまえにはしばらく不自由をさせる。もっとも大人しくしておれば、痛い目には遭わせぬ。若殿も我々も、争い事や乱暴なことは嫌いなのでな」

玄蕃はおいとの顔をしげしげと見ながら、

「それにしても、勘定奉行の立花主計頭が嫡男、清太郎の妻は天下一の美女と聞いておったが、噂とは当てにならぬものだな」

「さようでござますな。しかし、この女は、あの森下幽斎の娘でもあります。いざとなれば、森下も黙らせることが……」

家臣のひとりが軽口を叩こうとすると、玄蕃は鋭い声で、

「余計なことを言うな」

と制した。

目つきはぞっとするほどで、他の家臣たちも気まずそうに首を竦《すく》めた。

そこに、「お邪魔致します」と声があって、廊下から羽織姿の男が入ってきた。下役に案内されてきたのだが、顔を上げると、『万福堂』の主人・総右衛門であった。

「おまえか。かような所まで何用だ」

「一応、お耳に入れておきたいことが……町名主の徳兵衛のことでございます」

「なんだ……」

「一応、金で黙らせておきましたが、気になったので、ちょいと調べてみますと、妙な爺イがうろついてまして」

「妙な爺イ……？」

「はい。小普請組の旗本、高山和馬という屋敷の奉公人らしいのですが、本所深川界隈ではちょいと知られたご隠居らしく」

総右衛門が話しかけると、おいとがまた小首を傾げて、

「高山様……うちの人と同じ学問所の……」

と呟くと、玄蕃が振り向いた。

「やはり、おまえの夫とは繋がりがあるようだな」

「ええ。今でも月に何度か会ってます」

「なるほどな……そういうことか……高山和馬の噂なら聞いたことがある。北町奉行の遠山様とは昵懇《じっこん》で、これまでも裏で幾つかの事件を担ってきたとか」

玄蕃の目尻が吊り上がると、総右衛門は更に続けて、

「如何《いかが》しましょう。恐らく爺イは、高山和馬の命令で密偵の真似事をしてるようですが、町名主の徳兵衛とは昵懇でして」

「徳兵衛と……」

「へえ。あっしが渡した金のことを咎めると思いきや、『もっと奪い取れ。どうせ阿漕なことをして得た金だ。金を吸い取れるだけ吸い取った上で、奴らの悪事を暴いてやろう』などと煽《あお》ってるんです……きっと何か摑んでいるんだと思いやす」

「シッ——」

指を立てて若様の方を見やると、話の続きは別の部屋で聞かせろと囁いて立ち上がった。総右衛門は思わず後をついていったが、見張り役の家臣たちはその場に残った。

しかし、若様は不愉快な顔をして、

「おまえたちの面も見とうないわ。この女とふたりだけにせい」

と襖を閉めた。

若様はおいとの前に座り直すと、少し頭が弱いのか、犬か猫でも見ているように、

「可愛いのう……実はな、私が玄蕃に命じたのだ……嫁にしたくなるような絶世の美女を探してこい、とな」

「——はい……」

「そしたら、おまえのような可愛らしい女を本当に連れてきた」

「私を可愛らしいなんて言うのは、亭主だけです」

「えっ……亭主がいるのか」

「知らなかったのですか……だって、今、玄蕃という御家来が、話していたではないですか、立花清太郎の妻を人質にしたと」

　おいとは声を顰《ひそ》めて話した。

「──そうか……人の妻か……それは悪いことをしたな……私はてっきり、妻にする女を連れてきたとばかり……」

「頭、大丈夫ですか」

　眉を顰めて、おいとは問いかけたが、若様はすっかり落ち込んでいる。

「そうか、亭主がいたとはな……」

「私の話を聞いてますか」

「ひとつ頼みがある」

「なんでございましょうか」

「夫と離縁して、私の嫁になってくれぬか」

　何を言っているのだと、おいとは思ったが、先刻からずっと見ているから、若様が尋常ではない様子は分かる。

「若様……お名前をお聞かせ下さい」

「源之丞だ。坂本源之丞」

「ええっ……」

おいとは、この名前も何度か耳にしたことがあった。たしか、亭主の学問所の……と言いかけたとき、源之丞は目で頷いて、手にしていた筆で紙に何やらサラサラと書いた。

――このまま話を続けて。

源之丞は促すように頷いてから、

「のう、私の女房になってくれんか。でないと、私はもう死んでしまいそうじゃ」

頭のよいおいとは、何かを察したのであろう。すぐさま適当に答えた。

「思いは嬉しゅうございますが、人の妻であります。私は一生、添い遂げとう存じます。どうか、お許し下さい。夫は私を探していると思います」

「そんなに夫に惚れているのか。立花清太郎という奴は、血も涙もない奴だと聞いたことがある」

「いいえ、そんなことはありません。立花清太郎は立派なお侍でございます」

「つれないのう……私は……私は、もうたまらん……おまえを手籠めにしてでも、嫁にするからのう。覚悟せえ」

「あれ、そんな……ご無体な……ああ……」

「いや、許さぬ。許さぬぞッ」

責め立てるように言いながら、源之丞は紙にサラサラとまだ書き続けていた。先ほどからそこには、隣室の奥から厠《かわや》に続く廊下、さらに裏庭から勝手口への通路などを描いていたのだ。

「さあ……これを持って、急げ」

小声で言ってから、わざと嫌らしい声を上げながら、おいとを奥の廊下に押しやった。頷いて立ち去ろうとするおいとが、紙を改めて目にすると、

――錦之助に宜しく。和馬を頼れ。

と書いていた。

意味は深く分からないが、おいとは小さく頷いて足音を忍ばせて立ち去っていった。

源之丞はひとりで悶えながら、

「こらこら、何を恥ずかしがっておるのだ。もそっと体を見せてみよ。私を誰だと思うておるのだ。いずれ私に惚れさせて、立花のことなんぞ忘れさせてやるわ。さあさ

あ！」

と悪ふざけも度が過ぎるほど、乱暴な声を繰り返し発していた。

六

三十三間堂の瓦屋根が、月の光を浴びて燦《きら》めいている。もうすぐ一膳飯屋である。

木戸番小屋の向こうに、ぼんやりと錦之助の姿が見えた。

「おまえさん……」

おいとにはすぐに分かった。思わず大声を上げて、「おまえさん！」と呼びながら駆け寄っていった。だが、木戸番小屋の前の錦之助は立ち尽くしているだけで、「誰だ」という顔をしている。

「私ですよ、おいとですよ。分からないのですか、錦之助さん」

「…………」

「よく見て下さいな。ほら」

両袖を広げるように近づくと、錦之助は目を丸くして、

「――おいと、か……どうしたんだ、その格好は」

「私も分かりません。いきなり鳩尾《みぞおち》を突かれて気を失い、気がついたら武家屋敷にいて、こんな綺麗なべべを……」

「なんだ。言っていることが分かんねえ」

「ですから、立花様のお屋敷に行ったとき、奥方様の邦女という人に間違われて、攫《さら》われてしまったみたいなんです」

「えっ……なんで、おまえが……邦女とは似ても似つかぬし……どういうことだ」

「絶世の美女だとか」

「俺にはそう見えぬが、そんなことより何があったというんだ」

混乱する錦之助に、例の逃げ道などを記した書きつけを差し出して、

「これを和馬様に」

と見せた。

その文字を見て、錦之助はすぐに分かった。

「もしかして、武家とは、源之丞だったのか?!……坂本源之丞」

「はい、そうです。さすが大親友ですね」

錦之助は辺りを見廻しながら、

「源之丞にも何か異変があったということだな。よし分かった。とにかく、おまえも

一緒に来い。ひとりにしたら危ないからな」

「いえ、もう出ていったりしません」

「そういう意味ではない。さ、ついてこい。二度と離しはせぬ」

と、錦之助はおいとの手をしっかりと握りしめた。

ふたりが宵闇の中を急ぐ姿は、まるで、駆け落ちでもしているようだった。源之丞に言われるままに、高山家を訪ねると、
そこには清太郎もいた。落ち着きのない様子で、顔が青ざめている。

「——おいとさんか……この度は、大変な迷惑をかけて申し訳なかった」

謝りはしたものの、どこか不遜な態度で、偉そうな顔つきである。和馬はムカッ腹が立っているが、感情を嚙み殺して、

「そんな謝り方があるか。下手《へた》をしたら殺されたかもしれぬのだ。ちゃんと謝れ」

と言った。

だが、清太郎は憤懣やるかたない表情で、

「べ、別に俺が悪いわけではない。悪いのは……」

「いいから謝れ。おまえは昔からそうだ。自分がやらかしておきながら、何でも人のせいにして済まそうとする」

「…………」

「人が真面目にやっていることを邪魔したり、からかったりしてはならない。人を傷つけるような嘘をついてはならない。取り返しのつかぬことになるからだ……そこにいらっしゃる森下先生に繰り返し教えられたことじゃないか」

襖を開けたままの隣室には、森下も俯き加減で座っている。

「しかも、今やおまえの義父だ。篤《とく》と心得て、武士らしく振る舞え。いずれ人の上に立つ身であろう。自分の御父上のように立派な御仁になりたければ、今が正念場だと思うがな」

学問所の同期生相手とはいえ、珍しく堂々とした言い分に、森下の横に控えている吉右衛門も感心して見守っていた。

「そうであろう、清太郎。ガキの頃の性根のまま幕政を預かる立場になれば、自分勝手なことばかりをして、結局は庶民を苦しめることになってしまう……おまえの性根の悪さが、庶民の悲劇になってしまうのだ」

「――そこまで言うな、和馬……」

止めたのは錦之助だった。

すぐに清太郎の前に座った錦之助は、懐かしさ半分、恨み半分の心持ちながら、きちんと武家に対する礼を踏んで、おいとから預かった源之丞の書き付けを渡した。

「道々、女房から聞いたが、おいとを攫ったのは、おまえも知っている坂本源之丞の側役《そばやく》の田崎玄蕃という者らしい」

「…………」

「源之丞のことは覚えてるよな。御殿勘定所に勤めてるらしいな。俺や和馬と違って、与力でありながら偉い出世だ」

「俺を引き合いに出すな」

和馬が茶々を入れたが、錦之助は無視をして続けた。

「この女房は……」

廊下に控えて座っているおいとを指して、

「あ、今はこんな武家娘の格好をしてるが、ただの町娘だ……でな、俺がこいつを店に置き去りにして、よく出かけるものだから、本当は他に女でもいるのではないかと、勘繰ったのだ。ほれ、俺は男前だから」

「自分でよく言うな……」

「おいとは誰から聞いたのか、森下先生の娘御、おまえの嫁さんの邦女のことを俺が好きなのではないかと思ったそうだ。絶世の美女だと聞いて、ますます気になり、一目見たいとおまえの屋敷に行ったそうだ」

「えっ。そうなのか？　いや、大人しい女房だと聞いてたが……」

また和馬は吃驚して、話に割って入ろうとしたが、錦之助は「黙ってろ」と制して、

「そしたら、たまたまおまえが何者かに脅されているところに出くわしたとか」

「ああ、そうだ」

清太郎はきちんと向き顔を向けて、

「おいとさんの言うとおりだ……相手は何者かは知らぬが、前々から俺の妻を殺すと脅してきていた。そのとき丁度、勝手口あたりに、その女がいるのに、相手の侍たちも気がついた」

「…………」

「町人女の姿だから、賊たちもチラリと見ただけだが、私はとっさに『邦女！　逃げろ！　出てくるんじゃない！』と叫んだのだ。すると相手は直ちに、町娘に変装させて何処かに匿《かくま》う気だなと勘違いをして、その女を連れて逃げていったんだ」

「勘違いしたんではなくて、おまえが勘違いさせたんだろうが」

錦之助が詰め寄ると、素直に「そうだ」と清太郎は頷いた。

「その時は、通りがかりの女だと思ってた。どうでもなれと思ってた」

「本当に酷い奴だな」

「でも、落ちてた簪を見て吃驚した。それは……おまえが嫁を貰ったと噂に聞いたとき、俺がやったものだ」

「あの花柄の簪……」

振り返った錦之助に、おいとはにこりと微笑み返して頷いた。

「なんで、こいつがくれたってこと、黙ってたんだよ」

「だって、亭主には黙ってろって言われたんですもの。もし教えたら、錦之助は俺のことを恨んでるから棄てちゃうからって」

屈託なく笑って答え、おいとは清太郎に頭を下げた。

「その節は、お世話になりました」

「な、何をそんな……謝らなくてはならないのはこっちだ」

思わず清太郎は両手をついて、床に頭をつけるほど謝った。その姿を見て、和馬と錦之助は苦笑しながら顔を見合わせた。

「申し訳ない。知らなかったとはいえ、危ない目に遭わせて済まなかった……あいつらが、源之丞……いや、その家臣の手の者とは知らなかったが、悪辣《あくらつ》な奴らなのだ。俺の弱みに付け込んで、あれこれ脅しに来ていたのだ。だから……」

震えながら必死に謝る清太郎に、和馬は罵るように、

「身代わりに人に試験を受けさせるような真似を、今でもやってたということか」

「そ、それは……」

「いずれにせよ、人に言えぬ悪さを握られ、女房を殺すと脅されるようなことを、おまえ自身がしてたってことか」

「いや……す、すまぬ……」

清太郎は居心地が悪そうに、尻を動かしていた。

「――いいもんですなあ……」

吉右衛門がゆっくり立ち上がって、みんなの前に立つと、

「いや、実にいい。同じ学舎で過ごした仲間は、色々あったとしても、喧嘩をしても、こうして腹を割って素直に思いや感情を吐き出し、お互いを許し合える……それもこれも、森下先生の教えがあってのことですかな」

と微笑んだ。

「しかし、許すことができないのは、金のためなら人を弄《もてあそ》ぶ輩ですな。のう、清太郎様……此度の一件、あなた様も少なからず関わったのですから、御父上の前ですべてを解決してみせては如何ですかな」

「父上の前で全てを解決……」

「さすれば、御父上も立花家はもう清太郎に任せても安泰だと、感じるかもしれませぬぞ。和馬様の言うとおり、ここがあなた様の正念場かもしれませぬぞ。ふぁっはっは」

何が可笑《おか》しいのか、吉右衛門がいつものように哄笑するのを、和馬、錦之助、清太郎、そしておいとが、それぞれの思いで見上げているのであった。

七

勘定奉行・立花主計頭の屋敷に、坂本源之丞が呼び出されたのは、その翌日のことだった。用人の田崎玄蕃も同行せよとのお達しであった。

勘定奉行は、老中支配の寺社奉行、町奉行とともに重要な案件を担う高級官僚ゆえ、呼び出されただけで畏れ入ることだった。

しかも、幕府財政の運営のための代官を支配し、幕府直轄地である天領から収税するだけではなく、領民の訴訟なども司《つかさど》った。もちろん、今般のような町方と重なる商売に関わる事件も、自ら探索することができた。

源之丞は、勘定奉行の支配下にある上勘定所の役人である。とはいえ、勘定組頭、勘定吟味役という旗本職ではなく、その下の御家人である支配勘定だ。与力でありながら、若くしてこの職に就いているのは優秀な証《あかし》である。いずれ旗本職に昇ることも不可能ではない。それほど、勘定所は能力主義だった。

裃《かみしも》に身を包んだ源之丞は、勘定奉行を実際に目にすることはめったにないので、異様なほど緊張をしていた。

しかも陪席には、清太郎が座している。何を言い出すのか、少なからず恐々としていた。子供の頃の〝悪行三昧《あっこうざんまい》〟を知っているからだ。だが、その清太郎が涼しい顔で、

「父上でもある勘定奉行・立花主計頭に成り代わり、この場はこの立花清太郎が取り仕切るゆえ、さよう心得よ」

と威儀を正して言った。

――あちゃあ……。

という思いが、源之丞の脳裏に過《よ》ぎった。

「先に申しておくが、坂本源之丞、おまえとは同じ学問所で学んだ仲だが、この詮議所はお白洲と心得、私情を挟むことはないと宣言しておく。よいな、坂本」

「は、はい……」

「では訊く。昨今、騙り商いが横行しておるのを承知しておるか」

「はい。勘定所でも話題に上っております」

「有り体《あてい》に申してみよ」

「ええ、はい……」

源之丞はひとつ軽い咳払いをしてから、

「江戸市中の大店に、店の商品を全て買うと申し出てきた者がおります。その者たちは手付をつけたものの……」

「その話は承知しておる。被害を受けた商人たちは、当家にも頻繁に押し寄せておるゆえな。約定を交わしたとはいえ、到底、商売とはいえぬ行いだが、おまえは如何にしてそのことに関わったのだ」

「——はい。実は……私の学問所の師匠……立花様もよくご存じだと思いますが、森下幽斎先生が、騙りに利用されました」

「その騙りとは」

「森下先生は昌平坂学問所の筆頭教授ですから、信頼があります。若い教え子の中に、総吉《そうきち》という者がおり……あ、今は深川で『万福堂』という萬安売り問屋のようなものを営んでおり、総右衛門と名を変えておりますが……そいつが、森下先生の名を使って、両替商から金を借りました」

「つまり、借金主が、森下先生なのだな」

「はい。そんなことは、森下先生は露ほども知りませぬが、結局、返済は森下先生のもとに来ました。先生は知らぬと突っぱねましたが、総右衛門は『森下先生に頼まれた』と嘘を言い張り、裏帳簿なるものも町奉行所に提示し、他にも借金があるため、学問所の金を横領したと、総右衛門はバラしました」

「うむ。その顛末の一部は、読売にも面白可笑しく書かれてしまい、先生は学問所を辞めざるを得なかった」

「そうです。しかし……」

　源之丞は持参した風呂敷包みを、清太郎の前に差し出して、

「私は上勘定所で、学問所への支出の帳簿なども扱っております。先生がそんなことをするはずがないと思って、詳細を調べてみました……ですが、学問所から不正に金を持ち出された形跡はありません。もちろん、学内の出納《すいとう》は、すべて勘定所で行われております。ですから、読売に書かれたこと、総右衛門なる者が持っている裏帳簿やらの話は、出鱈目《でたらめ》ではないかと確信しました」

「つまり、森下先生が陥《おとしい》れられたと……」

清太郎が念を押すと、源之丞はしかと頷いて答えた。

「そのとおりです。実は両替商からの、その借用書の写しも持っております……では、何のために陥れられたか……私が調べたところでは、件《くだん》の両替商から総右衛門が借りた莫大な金は、騙り商いの手付け金として、使われておりました」

「なんと、まことか」

「はい。その風呂敷包みから、私が調べ出した商家への手付け金と、両替商から騙して借りた金がほぼ一致することが分かりましょう。どうぞ、改めて下さいませ」

「うむ。後ほど、精査する」

清太郎は傍らの家臣に頷いて、それを引き取らせた。

「ところで、坂本……おまえは、私の妻を拐かした覚えはないか」

「えっ……」

一瞬、狼狽した源之丞は、横目でチラリと玄蕃を見たが、素知らぬ顔をしている。

「何故、さようなことをした」

「私は……存じ上げませぬ」

「知らぬと申すか」

「はい」

「昔は、私に向かって、白《しら》を切るなと散々、言うておったおまえが、知らぬ存ぜぬか」

「――何の話か、私には……」

冷や汗を拭う仕草で、源之丞は俯くと、清太郎は玄蕃に向かって、

「用人の田崎と申したな。おまえはどうじゃ」

「知りません」

「何も知らないと」

「お役に立てず、申し訳ありません」

「妙なことだな……」

清太郎は少しばかり呆れた声になって、背筋を伸ばすと、睥睨《へいげい》するように見た。

「私の妻は、おまえたちにかどわかされたと話しておる。家臣のふりをした侍たち数人も用心棒としており、監視されていたそうだ。正直に申せ」

「いいえ、知りませぬ」

玄蕃は涼しい顔で、そう言い張った。すると、源之丞の方は耐えきれないように、

「済まぬ……申し訳ない、清太郎……いや立花様。実は、今般のことを調べているおぬしのことを知って、何故かこやつが、おまえの奥方を攫ってきたのだ」

「──何を言い出すのです、若様」

「本当だ。私は何も知らぬ。すべて、こいつが悪いんだ。だって、そうではないか。私は、騙り商いのことや先生の無実のことを、密かに調べていたのだぞ。それを、邪魔する輩が何処《どこ》かから出てきたのだ」

「邪魔する輩だと」

清太郎が訊き返すと、源之丞は必死に、

「ああ。騙り商いに群がる奴らだ。そいつらは、勘定奉行の主計頭様が探索に乗り出したと知るや、清太郎の嫁を拉致して脅せば、調べをやめるだろうと、こいつが言い出したんだ」

と絶叫して訴え、玄蕃を指さした。

「こいつは総右衛門と繋がってる。総右衛門がうちに訪ねてきたのも、私はこの目で見たのです。ええ、確かです」

それでも、玄蕃は素知らぬ顔をしている。

「主人がここまで言っているのだ。田崎とやら……おまえは、主人である源之丞が、恩師の無実を晴らそうとしたのを、邪魔しようとしたのか」

「いいえ。私は知りません」

「では、私の妻をここに呼んで、証言させる。よいな」

清太郎が頷くと、家臣が隣の控え室に入った。すると、邦女が大身旗本の奥方に相応《ふさわ》しい姿で現れた。

世にも美しい顔だちで、燦然《さんぜん》と輝いていた。菩薩が本当にいるのなら、かような面差《おもざ》しであろうと思われるほどの、美しく雅《みやび》で、しかも艶《えん》のある立ち姿だった。

さしもの玄蕃も、目を凝らして、吸い寄せられるように崇《あが》めていた。

「――この御方が……」

「さよう。私の妻だ。この妻が、おまえに攫われたと申しておるのだ。私は妻を愛しておる。妻の言葉を信じておる」

「いやいや、こんな美しい人とは……あの女とは、はは、到底、比べられるものじゃありません。あんな酷いおかめと……」

「あんなおかめとは、誰のことだ」

ハッとなった玄蕃だが、洩らした声を喉の奥に戻すことはできなかった。

「さあ、あんなおかめとは……誰のことか、篤《とく》と訊くことにするが、それは拐《かどわ》かしという死罪に価する罪ゆえ、北町奉行の遠山左衛門尉様が改めて、詮議を行うゆえ、さよう心得ておけ」

「！——な、なんだ、この茶番は……」

居直ったように腰を浮かそうとした玄蕃に、

「おまえに公の場で本当の事を白状させるためだ。控えい、玄蕃！」

と源之丞がガラリと態度を変えて怒鳴りつけた。

啞然となる玄蕃に、見守っていた主計頭が強い声で窘《たしな》めるように言った。

「清太郎は始め、お白洲と同じだと言うたはずだ。茶番とは何事だ」

三千石の旗本が恫喝《どうかつ》した。玄蕃は、大人しく黙るしかなかった。憎々しげに頰を歪めていたが、しだいに泣き声を洩らしてきた。

「なんだ、なんだ……俺が何をしたというのだ……金で雇われただけなのに……」

「そのことも、じっくりと遠山様のお白洲で語るがよかろう」

清太郎が毅然と言い放つのを、主計頭と邦女は頼もしそうに眺めていた。


その後——。

錦之助はいつものように、一膳飯屋の暖簾を出して、おいととと乳繰り合うように仲良くしていた。そして同じく、

「いいか。絶対に誰に誘われても、ついていくんじゃないぜ」

「はいはい」

と繰り返していた。

ぶらり入ってきた吉右衛門が、これまたいつものように穏やかに微笑みながら、

「ええと、特に美味くもない深川飯をいただきましょうかな」

と声をかけた。

振り返った錦之助は、冗談だと分かっていても、

「特に美味くもないは余計でしょう」

「では、特に美味い方を貰いましょう。ゆうべは、和馬様にあれこれ説教されましたのでな、酒もついでに。浅蜊の飯に酒は妙に合うものですからな」

「あいよ。特に美味い方ね」

錦之助が陽気に返事をして厨房に入り、おいとも燗酒《かんざけ》をつけ始めようとすると、

「冷やでいいよ。それにしても、おかみさん、此度は大変な目に遭いましたね」

「いいえ。間違われたお陰で、事件があっさり解決したじゃありませんか。あっさりとしたうちの浅蜊飯は美味しいですよ」

「はは。あなたは本当におかめ、いや、おたふくですな」

「酷いこと言うじゃねえか、ご隠居」

厨房からすぐに錦之助の声が返ってくる。

「いやいや、お多福ってね、沢山の福を持ってきてくれてるって意味です」

「かもしれねえが、人の女房の顔を見て言わないでくれよ」

「これは、相済みませぬ……」

吉右衛門は素直に謝ってから、おいとが運んできて注いでくれた酒を一口飲んで、

「ところで、錦之助さんや……どうして断ったんです。学問所に戻ってもう一度、学者の道をって、森下先生が勧めてくれたらしいですが、勿体ないじゃないですか」

「そうですか？」

「私はそう思いますがね、折角の秀才なのに」

「人の道を教えるってのは、笑顔を教えることだって思ったんでやすよ」

「笑顔……」

「ええ。俺は美味いもんを作って、人が喜ぶ顔を見るのが一番の幸せなんでさ。もちろん女房の笑顔を見るのもね」

「しかしですな……」

「和馬は人助けして、その人たちが喜ぶ姿を見て幸せを感じる。源之丞は、お百姓から集めた年貢をキチンと無駄なく使うことを喜びにしてる。ま、そういうこってしょ。

森下先生が教えたことってのは」

「なるほど……その森下先生が、一度、あなたたち教え子三人と飲みたいと言ってます」

「いいですよ、いつでも。うちでやりましょうや」

「はい、そう伝えておきますね。しかし、みんな欲がないですな……源之丞さんも実は、立花家の家老にならぬかと誘われたようですが、畏れ多いと断ったらしいです。与力と比べたら、十倍以上の俸禄になるのですがねえ」

「そりゃ、源之丞、正しい判断だ」

「何故です」

「あんな清太郎なんぞに仕えたら、きっと悪さをした挙げ句、家老のおまえのせいだと大嘘つかれて、人生狂わされまさあ」

「そうですかな……」

「ああ、そういう奴ですよ。あはは」

　錦之助はそうは言っているが、もちろん信頼をしてのことであろう。吉右衛門もまた遠い昔、同じ学問をした頃の仲間のことを、胸の奥で思い出していた。

　甘酸っぱい香りの風が、どこからともなく吹いてきて、一膳飯屋の夫婦《めおと》暖簾が心地よさそうに揺れていた。

第三話　狸穴《まみあな》の夢

一

人波が溢れる町辻を、すれ違う人たちが肩と肩を軽くぶつけても、お互い何事もなかったように通り過ぎる。

いつもの情景をぼんやりと眺めながら、

——もっと別の人生があったのではないか。

と思う瞬間が誰にもある。

平穏無事に暮らしているときでも思うが、何もかも上手《うま》くいかなくて、自暴自棄《じぼうじき》になったときなら尚更《なおさら》だ。

たとえば、何年も共に暮らした親や亭主と大喧嘩をしたり、長年奉公した店の主人に腹が立ったり、病《やまい》に罹《かか》って不安になったり、仲良しの友に裏切られたり……そんなとき、「もうどうにでもなれ」と思わぬ行為に出る。

千晶の場合もそうだった。

産婆《さんば》として、骨接《ほねつ》ぎ師として、深川診療所で暮らしていた。が、若い医師とうまくいかなくなったり、自己犠牲をしている割りに給金も少なく、

「——私、何してるんだろう」

そう思う日々が続いていた。病になっている患者たちが憎いわけがない。ただ虚《むな》しく感じる理由は分かっている。

和馬が少しも自分に振り向いてくれないからだ。

そんなある時、永代寺《えいたいじ》門前にいた老婆の辻占《つじうらな》い師に呼び止められた。派手な浮世絵の端布《はぎれ》を貼り合わせたような着物で、妙に怪しげな雰囲気であった。

「おやまあ、大変だねえ……」

「私がですか」

「まあ、ちょっとお座りなさい……見料《けんりょう》はいいから、さあさあ」

言われるままに千晶が座ると、辻占い師は虫眼鏡で目を見たり掌《てのひら》を見たりしながら、

「今の自分に満足してないわねえ。不満や愚痴を吐き出す相手もいないんだねえ、可《か》哀想《わいそう》に……苦労が報われない相をしてる」

富岡八幡宮の参道から、なんだか楽しそうに談笑している人々の姿が見える。世の中の不景気とは縁がなさそうに、悩みなど何ひとつないかのような笑い声だ。

「誰でも色々な不満があって、知らないうちに積もり積もる……けどね、正直に素直に本音で語っているうちに、もうひとりの自分が見えてくる。そこに真実《まこと》があるんだねえ。今まで気付かなかった、素晴らしい自分が見つかるのよ」

新手《あらて》の騙《かた》りかと千晶は思った。手を振り払って立ち上がろうとすると、一瞬、目が合った。辻占い師は、さすがに目力《めぢから》が強い。

「人生は実に不思議だよ。様々な偶然が寄り集まって成り立ってる……縁《えん》には、血縁、地縁、不思議な縁、という三つがあるのを知ってる？　血縁はご先祖様から受け継いできた縁です。十代前には千人、二十代前には百万人ものご先祖がいる。その中の誰ひとりが欠けても、自分はこの世にいない」

「――そんな話はご隠居様から何度も聞きました。もう結構……」

「でもね、人生を決めるのは、不思議な縁なのよ。四つ辻で偶然、ぶつかった人と親友になったり、飲み屋で隣り合った人と意気投合して商売したり、たまたま泣いてる子供を助けた男女が夫婦になったり……天の配剤なのか、神様の悪戯《いたずら》なのか、ほんの小さなことだけれど、不思議な縁が人の運命を一瞬にして変えるんだよ」

だんだん熱がこもってきた辻占い師は、体をぶるぶると震わせながら、自分も沢山《たくさん》、不思議な縁に出会ったと話した。

「たとえば……こんな仏話は聞いたことない？」

「………」

「私だけが存在しないけれど、その他はすべて全く同じというように、ほんの少し違う世の中が無数にあるという話。仏様って、実はそういった、現世と似ている別の世を幾つも渡り歩いて悟りを開いたんだよ」

「ですから、もう……」

「気をつけておいてね。あなたは、今のままでは、別の世の中でも苦しみますからね」

「いやなこと言わないで下さいな」

振り切るように千晶は、辻占い師から離れると、深川診療所まで小走りで行った。

たしかに疲れているのであろう。でも、助けなければいけない患者を見ると、どうしても自分のことは二の次になってしまう。だからせめて、惚《ほ》れた和馬には優しくして貰いたいのだ。ささやかな女心である。

いつもの山門から本堂の前を通り、庫裏《くり》へ向かう。細長い廊下があって、診療部屋があり、その奥が詰め部屋になっている。灯りはついていない。藪坂甚内先生は休んでいるようだが、見習い医師たちは夜通しで、薬を煎じたりしているようだった。

「遅くまで、ご苦労様ですね」

声をかけた千晶をちらりと振り返ったが、見習い医師たちは眠たそう顔で作業を続けていた。労《ねぎら》いの言葉をかけたが、千晶には返ってこなかった。

詰め部屋に入った千晶は小さな溜息をつくと、ごろんと横になって天井を仰いだ。

「辻占い師の言うとおりだ……人生は今がすべてじゃない。自分の暮らしは変えられる。この世には、少しずつ違った無数の自分が存在している……『だから努力して、より良い自分に変身、転生するのです』……か」

もごもご言いながら寝息を立て始めた千晶に、見習い医師は気付いていなかった。

真夜中になって、半鐘の音で目が覚めた。

吃驚《びっくり》して飛び起きると、すでに藪坂先生や見習い医師、下働きの女たちが患者を本堂に集めたり、庫裏や裏手の蔵に移動させたりしていた。闇の中に真っ赤な炎のようなものだけが見えた。

「火事ですか、先生……！」

千晶が声をかけると、老婆を背負った藪坂は「そうだ、おまえも手伝え」と言った。

「すみません、疲れてて居眠りを……」

「いいから早く」

火事は近くの長屋らしいが、風が診療所の方に吹いているので、事前に避けているのだ。遠くから、威勢の良い町火消の鳶《とび》の声も聞こえてきた。

「そこは危ないから、あっちあっち！」

誰かが裏手の竹藪《たけやぶ》を指した。泊まりの患者たちはほとんど避難できているようだ。

思わず千晶は身の周りにある接骨の道具だけを手にして裏手に廻った。途中で、切り株に躓《つまず》いて、帯に挟んでいた手鏡を落とした。とっさに拾い上げた。

裏は桜の花びらが散っている模様で、和馬が何処かに行ったときの土産《みやげ》と言ってくれたものだ。他の患者などにも配っていた安物のようだが、千晶にとっては嬉しいもので、まるで宝物のように持っていた。

拾い上げたとき、なんだか変な気がした。自分だけが、炎から離れて逃げていると思ったからである。

——何してるんだろう。

千晶は駆けてきた藪道を戻ると、騒ぎは落ち着いているようで、若手医師の竹下真や宮内尚登《みやうちなおと》らも、いつの間に駆けつけてきていたのか、普段どおりの部屋で対処している。

「お疲れ様です……火事は収まったんですかね……」

診療所の片隅で患者を診ていた竹下が、エッと振り返った。

「火事です……みんな大丈夫だったかな」

「…………」

「でも、もう赤い空は薄まってるし、半鐘や町火消たちの声も……」

「誰ですか?」

竹下が訊いてきた。千晶はキョトンとなって、

「えっ。誰がって、誰が……」

と周りを見廻した。

「あなたですよ。何処から入ってきたんです。入り口は山門、あっちですけど、今、裏手の竹藪から来ましたよね」

「え、ええ……」

なんだか竹下の様子が変なので、まじまじと顔を見つめて、

「どうしたの。疲れてるの、竹下先生。そういや、宮内先生もずっと泊まりだったし、休む暇もなかったもんねえ」

「患者さん？　私たちの名前を知ってるということは」

真面目な顔で竹下は訊いてきた。

「ふざけないでよ。一体、なんなのよ……私だってずっと泊まりがけだし、疲れてるんだから、ふざけないでよ、ほんと」

苛《いら》ついて千晶が声を荒げたとき、診療部屋から藪坂が出てきて、

「何があったのだ」

と言いながら睨んできた。

「先生。みんな疲れてるんですよ。だから、ちょっとしたことで苛々してるんだと思う。そりゃ、私たちは患者さんのために一生懸命やってますが、流行《はや》り病《やまい》のせいで人手が足らないんだと思います。分かってます。近頃は少しは、町奉行所も動いてくれてますが、ほとんどは〝お賽銭《さいせん》〟寄付によるもの。就中《なかんずく》、高山和馬様からは多大な寄付を受けてます。私は何も給金が少ないから文句を言っているんじゃありません。でも、もっと患者さんのために……」

必死に言っている千晶の顔を、藪坂はもとより竹下たちも唖然と見ている。他の患

者たちもじっと不審そうに見上げている。

「――大丈夫だよ、お姉さん……疲れてるんでしょう。しばらく、ここで休んでいきなさい。心の病は、体の疲れからくるからね……まずは名前を聞かせてくれるかね」

藪坂は腫れ物にでも触れるような態度で、優しい声で訊いた。

「住まいは、何処かね。親兄弟や亭主とかは……」

じっと睨むように見ていた千晶は、奥歯を噛みしめるように、

「そうですか……竹藪の方へ行っていれば、いいんですね。私はもう邪魔なんですね。それにしても、こんな嫌がらせをする先生とは思いませんでした。もう帰ります」

と手にしていた道具を床に叩くように置くと、さっさと立ち去った。そのまま山門の方へ歩いていき、振り返りもせずに掘割沿いの道を歩いた。

「まったく、なんなのよ」

千晶はこの腹立ちを誰かにぶつけたくて、高山家の方へ行こうとした。和馬に悪態をつきたいわけではない。だが、貧しい人や病の人を助けるという善行を施しながら、なぜひとりの女の気持ちを救えないのか、千晶は悲しくなってきたのだ。

火事なんかなかったように深閑《しんかん》としている。しかも、雷雨にでもなりそうな暗い雲が垂れ下がって、月も隠れた。すると、いきなり、雨が降り始めた。

段差につまずき履き物の鼻緒が切れた。それを拾おうとしたら、また滑《すべ》って転んだ。背中に強い雨が打ちつけてくるのが分かる。

「――もう……」

立ち上がろうとすると、今度は財布がずり落ち、弾みで中身が道に散らばった。さらに、手鏡が車輪のように狭い路地の方へ転がっていく。とっさに追いかけるが、緩やかな坂道を面白いように加速して、その向こうにある石段から落ちて見えなくなった。

「……？」

ふと我に返った千晶は、夢でも見ていたのであろうかと思った。

――こんな所に石段なんて、あったかな……。

石段の方へ行くと、石段の上に一里塚のような小さな石柱がある。

『狸坂《たぬきざか》』

と楷書《かいしょ》で彫られている。

石段の下には、ちょっとした溜池や材木の資材置き場、さらに町屋の甍《いらか》が並んで見える。ここは高台になっており、まるで火の見櫓《やぐら》の上にいるようだった。

「おかしいなあ……そりゃ江戸は坂や台地が多い町だけど、ここ深川は埋め立て地なんだから、なんか変……」

千晶は目を擦《こす》ったが、たしかに現実の風景である。

灯籠が続く急な石段の下には、狭い坂道沿いに寂れた古い商家が続いており、暖簾《のれん》は出ていないが飲み屋なども並んでいる。

「――狸坂……」

ぽつりと千晶が呟くと、石段の下でキラリと光るものがあった。手鏡に違いない。片方の鼻緒は切れている。裸足になり、石段の手摺りを支えに、ゆっくり降りた。

手鏡は割れていた。もう使いものにならないであろう。だが、雨の中に捨て置くには忍びなく、そっと拾い上げた。どの店も表戸が降りている。唯一、庇《ひさし》が出ている店の下に飛び込んだ。

二

みるみるうちに豪雨となり、庇が破れるのではないかと思うほど、大きな音がした。目の前の坂道は川のように水が流れ、足元に迫るほど勢いが増してきた。

「――はあ……」

地面を弾《はじ》いている雨足を見ながら、深い溜息をついたとき、急に店の中に灯りがついた。同時に、何かが頬を触るような感覚に振り返ると、薄紫《うすむらさき》の暖簾が垂れ下がっており、風に揺れている。

「こんなのあったっけ……」

千晶が見やると、さらに明るくなり、店内の様子が鮮やかに見えた。

白木の付け台と小振りの食台がふたつあるだけの、小さな割烹《かっぽう》のようだった。すでに数人の客が来ていて、和気藹々《わきあいあい》と飲み食いしている。

「なに……？」

暖簾を割って覗き込んでいると、付け台の中の板場で包丁を捌《さば》いていた主人らしき男と目が合った。襷《たすき》がけに鉢巻き姿だが……よく見ると吉右衛門だった。

「?!――」

吃驚して見ていた千晶だが、吉右衛門は軽く頷《うなず》くように頭を下げた。

その態度に客のひとりが気付いたようで、店の外の方を振り向いた。すぐに千晶を見て付け台の椅子から離れると、店の出入り口まで来て、中から格子戸を開けた。

「びしょ濡れじゃないですか。風邪を引きますよ。どうぞ、どうぞ」

男客は千晶の手を引いて店内に入れた。他の男女の客たちも、まるで迷い込んできた雨に打たれた子猫でも見るように、それぞれが声をかけてきた。

「おやおや、こりゃ大変だ」

「こんな別嬪《べっぴん》さんが、可哀想に。何があったんだい」

「このずぶ濡れじゃ、あんまりだ。おみよ、着る物を貸して上げなさいよ」

「さあ、奥で着替えましょう」

「大丈夫、みんないい人たちだから」

などと世話を焼こうとした。

吉右衛門は無駄口は叩かず、穏やかな笑みを浮かべて、「初めまして」と言った。

「あ、ええ……ご隠居……吉右衛門さんですよね……にしては少し若い？」

それには答えず、「久枝《ひさえ》さん」と吉右衛門が頷くと、久枝と呼ばれた世話好きそうな中年女が、おみよという水茶屋の娘風と一緒に奥の小部屋に案内した。華やかな数着の着物や襦袢《じゅばん》などが衣桁《いこう》に掛けられてある。

「どれでも好きなの選んで……このおばさんは、お喋りだから気をつけてね」

一緒になって千晶の体を手拭いで拭いたりして、着替えの面倒を見ていた久枝は、愛想の良いえくぼが映える笑顔で、

「おばさんじゃなくて、女将《おかみ》って呼んでね。さてと、あなたに似合うのは華やかな柄《がら》

の着物だと思うけど」

　見ず知らずの突然、入り込んできた客に、昔馴染みか親戚のように、ふたりは接してくれた。他の三人の常連客も、屈託のない態度と物言いで、千晶のことを心配していた。着替えて戻ると、まるで女歌舞伎《かぶき》役者でも現れたかのように、

「よよ！　似合ってるよ！」

「さすが美人は何を着ても様《さま》になる！」

「一節《ひとふし》、舞ってちょうだいな」

　これまた名調子の掛け声が飛んでくる。千晶は付け台の真ん中に座らされて、三人の男性客に挟まれた。いずれももう若くはない。三十半ばから五十くらいであろうか。

　すぐ右隣に座ったのは大柄な一見《いっけん》、遊び人風で、髷《まげ》もビシッと決めている。

「俺、源《げん》さん。大工の源さん。近頃は、火事が多いから、意外と忙しいのよ」

「あ、そうなんですね……そういや、拳《こぶし》とかゴツゴツしてて男っぽいですね」

　遠慮がちに千晶が言うと、源さんは半ば照れ臭そうに、

「いや、これは昔取った杵柄《きねづか》ってやつでね。あまり自慢できるものじゃねえんだ」

「言葉の使い方違うし……喧嘩《けんか》胼胝《だこ》だよ。人を殴りすぎてできたもんだあな」

　左隣から茶々を入れたのは、松葉柄の着物を小粋に着ている、いかにも商家の若旦

那風であった。

「私はゴロちゃんと呼んでくれていいよ。五郎兵衛《ごろべえ》だからね。こう見えて、材木問屋『木曽屋《きそや》』の六代目でね。すぐそこにある」

「ああ……ありますね、大きなお店」

「どうだい。私の嫁にならないかい。一目《ひとめ》惚れしちまいましたよ」

「相手にしなくていいぜ。こいつは誰にでもそう言って口説《くど》いてるからよ」

源さんが言うと、久枝も割り込んで、

「そう言いながら、源さんも口説いてるでしょうが、いつも。男は黙ってても、女の方から寄ってくる奴じゃないとね」

「——私のことですか？」

付け台の片隅の無精髭《ぶしょうひげ》の男がぼそっと言った。古い綸子《りんず》の羽織姿で、摑み所のない雰囲気で杯《さかずき》を傾けていた。

「一番、近寄らないタイプだと思うけど」

おみよが言うと、他の者たちは全員が同意した。

「でも、この人、手習所の先生だからね。しかも、昔は将軍様にも算学を指南したらしいけど、嘘だと思うよ」

ゴロちゃんがからかうと、やはりみんなが同意して大笑いした。梅《うめ》ちゃんという学者先生は飄々《ひょうひょう》としているが、どうやら店ではいじられ役らしい。

「あなたは何をしてるの？」

久枝の質問に、千晶はすぐには答えることができなかった。

「――あ、色々あって、今日、辞めたところなんです。深川診療所を」

神妙に言ったが、常連たちは相変わらずニコニコと笑っているだけだ。

「深川診療所……？」

久枝が訊くと、千晶はすぐに答えた。

「ええ。すぐそこに……円照寺《えんしょうじ》を借りて、やってます」

「そこは破れ寺だ。お化けしか住んじゃいないよ……大丈夫かい、あんた。そりゃ、誰でも色々あらあな。気にすることないよ、まだ若いんだからよ。この店の大将なんて、人に言えないこと沢山あって、人生の荒波乗り越えて、こうだもんな」

源さんがからかっても、吉右衛門は曖昧《あいまい》な笑みを浮かべるだけで、

「さ、どうぞ」

と椀《わん》を差し出した。

漆塗《うるしぬ》りの椀には、鯛《たい》の潮汁《うしおじる》が入っていた。

「少し冷えてきましたからね。雨に打たれた体を温めて下さい」

「――鯛の……」

寒い季節に店に入ってすぐ、温かい汁物を出してくれるとは嬉しい。千晶はすぐに両掌で包み込むようにして、鯛の出汁《だし》がたっぷりと染み込んだ汁を口にした。

「はあ……」

思わず溜息をついて、すぐに二口目を啜った。熱くなく、程良い加減の汁だから、ゆっくりと味わって飲むことができた。

鯛のあらを使う一品だが、意外と手間がかかる。しっかりと包丁であらの根本まで切り離す〝梨割《なしわ》り〟をしないと旨味が逃げてしまう。かまを切り落として、目の玉の周囲に繊細な斬り込みを入れることも肝心で、胸びれなども綺麗に整えないと、繊細な味に影響するのだ。

ぬめりや汚れを丁寧に水洗いし、内臓も箸先などで綺麗に取り除かなければ雑味が残る。塩を全体に行き渡らせ、半刻ほど置かないと、余分な水分や臭みが抜けない。さらに湯煎《ゆせん》した後、冷水で鱗《うろこ》や血合いを丁寧《ていねい》に落とす。

そこから、あく抜きのために湯がくのだが、丁寧に繰り返さないと目の玉などには臭みが残るし、あら汁も美味《おい》しくならない。あら汁はさらしで濾《こ》し、あらは乾燥しないように布巾の上で一旦、冷ます。煮汁にあらの顎《あご》の部分を戻して、短冊にしたうどなどを加えて料理をするのは、それからである。

手間のかかった潮汁をあっという間に、飲み干した千晶は、もう一度、「はあぁ」と深い溜息をついた。

「はあ……これは、一膳飯屋の錦之助のとは比べものにならないわあ」

その様子を、常連客の五人は、まるで自分の娘のように見守っている。

「どうでえ」

源さんが声をかけると、千晶は目を閉じたまま、

「美味しい……こんな潮汁、飲んだことありません……はあ」

実に満足そうに頷くのを確認するように、源さんは続けた。

「そうだろうよ。この店の料理は何を食ってもうめえ。一日の疲れや嫌なことを、いっぺんに忘れさせてくれるんだ」

「はい。すべて忘れたいです」

千晶も気が落ち着いたのか、我に返ったように、

「でも、真夜中ですよねえ。よく、こんな刻限に……」

「この店は刻限なんざ関わりなく、いつだって食べられるんですよ」

久枝は得意げに言った。客のためなら、大将はいつでも店を開けるという。それでも千晶は首を傾げて、

「――おかしいなあ……」

「おかしいのは、あなたの頭の方じゃない。ほら、もっと美味しいもの食べて、いい酒を飲んで、嫌なことは忘れなさい」

常連たちに励まされるように、千晶は灘《なだ》の酒を勧められた。その酒に相応《ふさわ》しい鰹《かつお》のたたき、ぶり大根、海老《えび》しんじょ揚げや牡蛎《かき》の鍋などが次々と出てきて、大宴会となった。不思議と他の客は入ってこなかったが、千晶も何度か訪ねている店だと錯覚した。

連日の疲れが一挙にきたのか、板場にいる吉右衛門の顔がぼんやりと霞んできた。

「――ご隠居……これは何の酔狂なんです……私、和馬様に訊きたいことがあって……でも、なんだか気持ちよくなってきたし……明日にしようかなあ」

「大丈夫ですか。ちょっと飲み過ぎたかな」

吉右衛門が優しい目で語りかけてくる。源さんとゴロちゃん、梅ちゃんは何だか知らないけれど楽しそうに大笑いしているし、久枝とおみよも抱き合うように飲んでいる。

「で、どうするの？」

　おみよが千晶に訊いてきた。

「え……何を？」

「何をって、何処にあるか知らないけど、あなた、診療所の患者さんたちを放り出してきたんでしょ。ずっと話してたわよ」

「そうでしたっけ……」

「悪酔いしてるねえ。でも、勿体《もったい》ない。大切にしなきゃ。あなたの思いがこもったお仕事なんでしょうから」

「いいですよ、もう……間違いだったんです……何もかも、男も仕事も……」

「おやおや。自棄《やけ》はいけないわよ」

「ちょっとちょっと。酒癖悪い人は、この店には出入り禁止だからね」

　おみよが頬を膨らませると、久枝は慰めるように千晶の背中を撫でながら、

「あなたよりマシでしょう」

　と笑うと、吉右衛門も納得したように頷いて、

「人生に疲れているんだろう。好きにさせてやればいい」

　そう言って穏やかな目で、千晶のことを見つめた。

雨はやんだみたいだが、宵闇は深まり、静寂に包まれていた。

三

ハッと目が覚めたのは、寺の庫裏《くり》の一室だった。誰かに肩を叩かれたような感覚で目が覚めたが、誰もいなかった。千晶は二日酔いが抜けない頭を振りながら、

「——そうか……泊まりだったんだ……火事になって、それから……ああ、変な夢を見てたなあ……みんなが大変なときに」

身支度《みじたく》を調《ととの》えようとすると、花柄の綺麗な着物を身に纏《まと》っているのに気が付いた。

「えっ……」

不思議な気持ちで庫裏の部屋から出ると、そこはただの破れ寺で、蜘蛛《くも》の巣が張り、本堂の中も埃《ほこり》だらけであった。畳も黴《かび》が広がっており、本尊の阿弥陀如来《あみだにょらい》像も薄汚れている。藪坂先生たち医者どころか、患者も誰ひとりいない。ただの古寺である。

「そういえば……あの店の人、誰もここのこと知らなかった」

俄《にわか》に不安が込み上げてきた千晶は、寺の中をしばらくうろついてから、そうだと思いたって『木曽屋』に行ってみた。材木問屋『木曽屋』といえば、この界隈では誰も

知らない人がいない大店《おおだな》だ。

　大きな軒看板の下では商人や職人、人足らが忙しそうに出入りしていた。

「すみません。ゴロちゃん、いえ……五郎兵衛さんはいますか。六代目ですよね。私、ゆうべ世話になった千晶というものです」

　店に入るなり、番頭らしき人が座っている帳場の前に駆け寄った。

「――どちらさんです？」

「深川診療所の千晶というものです。ええ、藪坂甚内先生はご存じですか。代々、この深川で医者をしてらっしゃる〝儒医〟の」

「あ、ええ……藪坂先生なら存じ上げておりますが……」

　番頭が答えると千晶は安堵して、腰を下ろしてその場に座り込んだ。

「はぁ良かった……藪坂先生はいるんだ」

「ご用件はなんでしょう」

「五郎兵衛さんに会いたいんです。昨夜《ゆうべ》、狸坂の割烹で……」

「狸坂……言っている意味が分かりませんが、五郎兵衛さんなら、もう何年も前に亡くなってますが。今は養子に来ていた七代目が継《つ》いでおります」

「嘘。だって、私は昨夜、会ったんです。ゴロちゃんと」

「――薄気味悪い女だねえ……金でもたかりに来たのですか。誰か、誰か！」

番頭が声をかけると手代が二、三人来た。番頭に命じられるままに、手代たちは有無を言わさず、千晶を表に放り出した。

「なんなの、まったく……なんなんだろう」

千晶は人伝《ひとづて》に聞きながら、汐見橋《しおみばし》の方にあるという藪坂の診療所を訪ねてみた。

寺を借りてやっていた『深川診療所』とはまったく違う、うらぶれた小さな長屋の一部屋だった。海風がきつくて、ガタガタと軒や雨樋《あまどい》が揺れていた。

「藪坂先生。ここに、いらっしゃいましたか……これは何の真似《まね》ですか」

老婆を診察しながら、無精髭の藪坂が振り向いた。

「ここにって、俺はずっとここにいるが、あんたは誰だね」

「千晶ですよ。産婆で骨接ぎ師の」

「あ、いや。見てのとおり貧乏医者でな、人を雇う余裕はないのだ。仕事ならば他を当たってくれ」

「竹下先生や宮内先生は……」

「誰のことだね。とにかく、他に……そんな目をして見ても、どうにもならんよ」

泣き出しそうな顔の千晶に、藪坂は突き放すように言った。思わず手鏡を取って、顔を見ようとしたが、懐《ふところ》にはなかった。

　ころころと石段を転がる手鏡がチラリと脳裏に浮かんだ。

「――壊《こわ》れたんだっけ……でも拾わなかったっけ……」

　千晶の不安が俄に増した。

「先生……助けて下さい。私……どうかしちゃったんです……私、先生の下で『深川診療所』で働いていたんです。先生は立派な〝儒医〟でお寺を借りて、沢山の人たちを助けているじゃないですか」

「そうしたい気持ちは山々だがね。先立つものがないし、援助してくれる人もおいそれとは現れぬ」

「せ、先生……」

「だが、こうして目の前のひとりひとりは助けているつもりだ。あなたも自分のできることでいいからやればいい」

「――やっぱり、あの辻占《つじせん》が言ったとおり、別の世の中に来たのかしら……そんなバカな……そんなことがあるわけが……」

　待っている患者を押し退けるようにして、藪坂の診療所から逃げるように、千晶は立ち去った。そして、昨夜、訪ねた狸坂の店に行って確かめようとした。そこには、たしかに吉右衛門がいた。

「ご隠居なら、何とかしてくれるに違いない……この私の身に起こったへんてこりんなことを、なんとか……」

懸命に掘割沿いの道を走ったが、昨夜見た石段の坂道なんぞ、何処にもなかった。あるわけがない。ここは埋め立て地で、坂道などはほとんどなく、江戸の町を見渡せる所などありはしないのだ。

「あれも夢……これも夢なの……」

本当に頭がおかしくなりそうになったとき、子供の〝とっかえべえ〟が通り過ぎるのを見やった。古い薬缶《やかん》や壊れた鍋、鉄屑などを飴玉や小銭と交換する商いである。すでに何処かで下取りしてきたのであろう薬缶がカランカランと当たる音がする。

「——ちょろ吉《きち》……」

千晶は思わず駆け寄って、声をかけた。

「はい。なんでございましょう」

ちょろ吉は少し汚れた顔をしているが、愛嬌がある。千晶は両肩を持って、

「私が分かるかい、ねえ」

と問いかけた。

「いいえ、分かりません。でも、何処かで見たことがあるような……」

「千晶だよ。産婆の千晶。あんたともよくつるんでただろ」

「――産婆……分かりません。おら、生まれたときから、捨て子だし……」

「そんなこと言わないで、ちゃんと見てよ、ねえ、ちょろ吉」

ちょろ吉の体を千晶が乱暴に揺すっていると、「何があったの」と女の声がかかった。振り返ると、凛《りん》とした身分の高そうな武家女が立っていた。

「どうしたのです、ちょろ吉……」

その武家女は、高山和馬の伯母上《おばうえ》の千世《ちよ》であった。和馬の父、俊之亮《しゅんのすけ》の姉で、母親代わりに和馬を育てた人だ。千晶も何度か会ったことがある。

「千世様……いらっしゃったのですね、この世に」

思わず近づいた千晶を、千世は気持ち悪そうに見やって、

「この世にって、人を殺さないで下さい」

と言った。

もう五十をとうに過ぎているが、肌艶《はだつや》は若い。しかも、武蔵浅川藩《むさしあさかわ》に輿入《こしい》れした身である。小藩とはいえ大名の正室だから、自由に屋敷から出ることはできないが、主人の加納丹波守《かのうたんばのかみ》は「関ヶ原」以前から徳川《とくがわ》家に仕える譜代大名だからか、特別に許さ

れて、実家に来ているのであろう。

「和馬様はいらっしゃいますか」

千晶が思わず縋《すが》るように訊くと、千世は訝《いぶか》しげに、

「あなた……和馬の何なのですか」

「何でもありません。でも、色々とお世話になっております。『深川診療所』のことでは特に……そうだ、吉右衛門さんはいますか。ご隠居の吉右衛門さん」

「うちには隠居はおりませんが」

「この辺りでは、福の神と呼ばれている親切が着物を着ているような人です」

「知りません」

「でも、和馬様は貧乏旗本なのに、沢山、色々な人に施しをしてますよね」

迫ってくる千晶を、千世はわずかに身構えながら、

「貧乏は余計です。ハハン……あなたですね。うちの和馬を唆《そそのか》している女というのは」

「え……？」

気の強い千世は、千晶の着物姿を舐めるように見ながら、声を強めた。

「色仕掛けで金を出させようとしても、そうはいきませんよ。あの子はすぐ情けにほ

だされて、人にお金を恵みます。自分の暮らしもままならぬのに、先祖伝来の家宝を質《しち》に預けたり売ったりしてでも……」

「そこが素晴らしいと思います。なかなかできることではありません」

「こっちは、それで困っているのです。誰にでも情けをかける。その、人の良いところに付け込んで、金や物をむしりとる輩《やから》がいるのです。あなたもそのひとりなのですね」

「…………」

「とにかく、和馬には近づかないで下さい。和馬には、志乃《しの》さんという歴《れっき》とした許嫁《いいなずけ》もおりますのでね」

「えっ……ええ?!」

千晶は衝撃のあまり卒倒しそうになった。その様子を見て、千世はさらに相手を蔑《さげす》む目になって、

「ほら、ご覧なさい。そうやって、言い寄って騙《だま》すつもりだったのでしょう。でも諦めて下さいな。志乃さんという御方は、徳川御三卿・一橋家の御姫様ですからね」

「知ってます……私も一度、お目にかかったことがあります」

「だったら、諦めなさい。でないと、私がこの手で成敗致します」

千世は薙刀《なぎなた》を振るう真似をしたが、それをかいくぐるようにして、千晶はその先にある高山家の門内に飛び込んでいった。

「これ……！」

追いかけてくる千世のことなど構わず、千晶は中庭の奥まで入っていった。

そこでは、襷《たすき》がけの和馬がひとりで、薪割《まきわ》りをしていた。

「和馬様――」

振り返った和馬は、にこりと微笑《ほほえ》み、

「はて、どなたかな」

「私です。千晶です。あなたが作り上げたといってもいい『深川診療所』。そこで私は産婆と骨接ぎ師をしている……」

千晶はこれまでと同じことを伝えたとき、千世が来て、何やら怒声を浴びせた。そして、摑みかからん勢いで迫ったとき、和馬は庇《かば》って千晶の身を引き寄せた。

よほど心が弱っていたのか、千晶はくらっと和馬の腕の中で失神してしまった。

四

千晶が目が覚めると、辺りはすっかり暗くなっていた。昨夜のような雨模様ではなく、月がくっきり浮かんでいた。

傍《かたわ》らには和馬が座っており、何やら薬のようなものを煎じていた。

「ああ、目が覚めたかね」

「――和馬様……」

「ここは……本当の高山家ですか」

「正真正銘の高山家だ」

千晶はゆっくりと起き上がり、溜息をつきながら見廻した。

「では、あの怖い伯母上がいたのは夢なのかしら……」

「いるよ。あなたが倒れたから、伯母上も心配になって、町医者を呼んで診て貰い、今、粥《かゆ》を作っているところです」

「町医者……」

「藪坂甚内先生というのだが、あなたの顔を見て吃驚していた。そこにも訪ねたそうだね。『深川診療所』云々《うんぬん》……と言って」

「――吉右衛門さんは……」

「誰かな、それは。伯母上も不思議がっていた。譫言《うわごと》でも何度も呼んでいたが。もしや、あなたの良き人ですかな」

「この家に来た福の神です」

「はは。代々ずっと貧乏神しかいないのでね、そんな神様が来てくれるなら嬉しい」

「では、いないのですね……」

「いないよ」

和馬にきっぱり言われて、千晶はまた深い溜息をついたが、一度、頬を抓《つま》んで引っ張ってみた。やはり夢ではない。いよいよ辻占が話していたとおりになったのかと、不安になった。

「ところで、娘さん……千晶さんと言いましたか……寝言でもしきりに『深川診療所』のことを心配していたが、どうしてだね」

「どうしてって……」

「いや、実は俺は、前々から、北町奉行の遠山左衛門尉様に、深川にも小石川《こいしかわ》のような御公儀の養生所《ようじょうしょ》を作るよう、何度も嘆願しているのだ。その名も『深川診療所』

……しかし、なかなかお許しが出ない。ほとんどは財政不足が問題らしいが、俺は諦め切れなくてね」

「――そうなんですか……」

不思議そうに千晶は訊き返した。

「金なら、俺が出すと何度も言ったのだが、そんなものでは足りぬゆえな、深川の色々な商家にも頼んだのだが、少々の寄付ならしてくれそうだが、纏《まと》まった金は無理なのだ」

和馬は無念そうに言ったが、千晶は逆に励ますように、

「できますよ。だって、もうひとつの世の中では、ちゃんとありますもん、『深川診療所』は……しかも、和馬様がこっそり、お賽銭《さいせん》としてお金を寄付してる。もちろん、みんなあなたの陰徳だと知ってますけどね」

「お賽銭……？」

「そうです。十万坪に近い所に、円照寺という古寺があるでしょ。そこを診療所として使っているんです」

「寺を……」

「はい。寺は本堂も五十畳くらいあって広いし、他にも庫裏には沢山部屋がありります

から、泊まりがけの患者さんの面倒も見られる。煮炊きができる厨《くりや》の竈《かまど》も揃ってるし、井戸もある。川から水も引いてきてますから、なに不自由がありません。それに庭が広いから、そこにあった余計な植え込みはなしにして、地震や火事があったとき、人々に炊き出しをしたりしてますしね」

一気呵成《いっきかせい》に話す千晶に、和馬は驚きながらも、

「まるで見てきたような話だな。そうか、寺という手があったか」

と言って膝を叩いた。

「現実です。別の世の中では、ちゃんと和馬様の思惑どおり、『深川診療所』ができていて、沢山の貧しい人や病に罹った人が、とても助かっているんです」

「――面白い女だな……そのように夢を語る者は、なかなかおらぬ」

「夢ではありません。あなたの思いが、結実しているのです」

「そういうふうに言って、人に希望を持たせることも、大切なんだな。人は何も思い描かなければ、何も実現しない」

和馬は微笑みながら、千晶を見つめた。

「本当にそうお思いですか……」

「ああ。なんだか勇気を貰ったような気がする」

「だったら私……こっちの世で生きていってもいいです……和馬様と一緒に」

「ええ……？」

首を傾げる和馬に、千晶は自分の身に起きたことを、あるがままに伝えた。そのすべてを和馬は信じたわけではないが、夢物語にしては話が具体的なので、バカにすることはできなかった。

「私、和馬様のために頑張ります。だから、ここに下女《げじょ》としてでいいから、置いてくれないでしょうか」

一縷《いちる》の望みをかけて頼むと、廊下に来ていた千世がきつい声で、

「なりませぬ。そうやって家に入り込もうとする女狐《めぎつね》めが、いい気になってはなりませぬ。体が快復したら、出ていくように」

と念を押した。

だが、今度は千晶も反論はせず、嬉しそうな顔で、

「それでもいいんです……こっちの世の和馬様もまだ独り身というだけで、私、嬉しいんです……あはは。幸せえ」

「やはり、頭がどうかしてるな」

和馬と千晶は一瞬、目が合って、お互い驚いたよう見つめ合った。まるで時が止ま

ったかのように。だが、やはり和馬の方は明らかに変な女だという顔だった。

「ごめんなさいね……転がり込んできて……元々、ここに来るつもりだったの。でも、途中で狸坂に……でも、こうして来ることができただけで幸せ」

「…………」

「どうなっちゃったか、分からない……でももう怖くない。和馬さんと一緒だから」と言いながらも、いきなり和馬の胸に飛び込んで、千晶は泣き出した。千世は「はしたない」という目で困惑していたが、和馬の方は好きにさせていた。

「信じてくれないかもしれないけど……私、別の世から来たの……別の世の中というか……この世とほとんど同じなんだけど、私という人間がいない、そんな世なのね、ここは」

和馬は黙って聞いていたが、千晶は勝手に続けた。

「私っていう人間がいなくたって、世の中はちゃんと変わることなく動いてんだ。当たり前のことだけど……」

「いや、そうじゃないだろう」

「え……」

「おまえがこの世に来たお陰で、この世にも『深川診療所』ができる気がしてきた。

このこと、藪坂先生にも話してみる。そして、改めて嘆願する」

「ごめんなさい」

「謝《あやま》ることはない。何処にも行くあてがないなら、ここにいるといい。なに、伯母上の言い分は心配いらない。ここの主《あるじ》は俺だ」

「嬉しい……誰か一緒にいてくれないと、煙みたいに消えてしまいそうで……」

「ずっと以前から知ってるような気がする。前世にも会ったことがあるとか……」

「和馬様、向こうの世で、私と初めて会ったときも、そう言った」

「初めて会ったけど」

「あ、そうか……そうね……」

お互い照れ臭そうに笑い合うのだった。

転がり込んだ猫のように、千晶は和馬の屋敷に居着いてしまった。千世も下女ならばと認めるしかなかった。

数日の間に、古寺に診療所を作る準備のことや藪坂先生とのやりとりをし、骨接ぎ師として認められ、陣痛の女を助けたりもした。時に和馬と釣りや散策などを共にした。千晶にとっては、夢のようなひとときだった。

ある日、武家娘が訪ねてきた。美しい面立ちの見覚えのある顔だ。いつぞや、幕府への謀反《むほん》と関わりのある事件に、関わった姫君だが、それも別の世での話だった。

「あ、あなた様は……」

一橋家の姫、志乃だった。相手は千晶のことはまったく知らないので、

「私、和馬さんの許嫁の、志乃と申します」

「許嫁……」

「はい。ちょっとよろしいですか」

奥に招き入れると、志乃は落ち着いた丁寧な態度で、

「和馬様は実は、迷惑を被《こうむ》っていると話しています」

と思いの外、志乃は力強い声で言った。

「迷惑……和馬様が……」

「和馬様は、意外と言いたいことをはっきりと言えない人なんです」

「あ、はい……知っております」

「ならば、和馬様の気持ち、汲んであげて下さいまし。あなたに転がり込まれて、随分と困っているようなんです」

疑り深い目になる千晶に、志乃はキッパリと言った。

「本当ですよ」

「――そうじゃなくて……あなたが迷惑しているのですね」

「許嫁の屋敷に、知らない女に転がり込まれて、喜ぶ人がいたら会ってみたいです」

志乃が嫉妬深い顔つきになると、千晶は首を横に振って、

「そんなつもりはありません……私は和馬様の診療所作りを手伝いたくて……」

「産婆に骨接ぎ師ですってね。それは結構なことですが、私の調べでは、あなたは何処の誰なのか、さっぱり分かりません。つまり、何者か分からないから、怪しんでいるのです」

志乃は気味悪そうな表情になったが、唇を一度噛んでから、一生懸命に続けた。

「診療所の話は知りませんが、もし必要があるならば、一橋家で何とかします。なので、あなたは必要ありません、宜しいですね」

「――大人しい人かと思ったら、やはりお転婆《てんば》だったのですね」

「どう思おうと結構ですが、今すぐ出ていって下さい。意地でも居座るというのでしたら、こちらも手段を選びません」

優しい顔だちをしているが、覚悟を決めたかのような揺るぎない語気だった。千晶は圧倒されるというより、ふいに申し訳ない気持ちになった。

「――ごめんなさいね……知らなかったのよ。和馬様、何も言わなかったし……許し

て下さい……」

こくり頭を下げると、千晶はすぐに身のまわりの物だけを手にして、屋敷から飛び出していった。

どのような表情で志乃が見送ったかも知らないで、千晶は屋敷から出て、見慣れたはずの通りを歩いた。ズンズンと徐々《じょじょ》に足も速くなった。一刻も早く、離れたいという思いもあったが、不思議なことに、妙に爽やかな気持ちになった。

「そうよ……こっちの世の和馬様は、私が知ってる和馬様じゃないんだよ」

千晶は自分に語りかけるように、口に出して続けた。

「なのに、和馬様に面倒見て貰おうなんて、虫が良すぎるわよ。未練たらしい。自分で、この世の中で生きてけばいいじゃない。今までの自分にできなかった、新しい人生を……」

踏ん切りがついたように、千晶はさばさばした顔になった。そう決断させてくれた志乃の登場に感謝すらしていた。

――なんとかなる。これまでも、なんとかしてきたんだから。

千晶の足取りは軽く、さらに速くなり富岡八幡宮の人混みの中に消えた。

五

二月《ふたつき》ほど後――上野広小路《ひろこうじ》の『菊乃屋《きくのや》』という小さな茶屋で、千晶は働いていた。

寛永寺の参拝客を相手の店だが、同じ門前町でも富岡八幡宮とは随分と違う雰囲気だと、千晶は感じていた。茶店といっても、簾《すだれ》で間仕切りされた小部屋があり、〝看板娘〟が客の話相手をすることもある。中には、浮世絵に描かれた美女もいる有名店なのである。

奥の付け台の中には、中年太りの女将がいて、仕切り部屋の客には、茶屋娘が付いている。その客たちに挟まれて、茶を淹《い》れるのが茶屋娘の仕事である。

千晶はすっかり茶屋娘としての笑顔や物腰が板についている。産婆や骨接ぎができ、医学の知識もあるので、客は面白がっていた。いずれどこかの医者に雇って貰おうと思っていたが、糊口《ここう》を凌《しの》ぐために始めたこの仕事も悪くはなかった。

病気の患者に比べれば、客あしらいも楽で、慣れたものだった。茶屋娘として人気が出てくると、先に勤めていた茶屋娘たちには、嫉妬《しっと》をされていたのか、よく嫌味《いやみ》を言われた。特に、お銀《ぎん》というのが酷かった。

「そりゃ、あんたが来てから店の売り上げが上がったって女将さんも喜んでるけどさ、ちょっと下品すぎない。うちは水茶屋じゃないですからね」

新入りなのに女将に信頼されているのが、お銀は気に入らないようだった。だが、千晶は相手にしなかった。下手《へた》に揉めて、素性が分からないということがバレるのが嫌だったからである。

今日も仕事を終え、店の裏口から出て、路地を歩いてくると上野山に向かう石段があった。灯籠《とうろう》が並んでいるが、見覚えのあるような坂道だった。

その上り口に一里塚のような石があり、『狐坂《きつねざか》』と刻印されていた。

「——いつぞやは狸坂で、今度は狐坂か……」

坂の途中にぼんやりと灯りが見えた。色々とあって忘れていたが、ハッと割烹のような店を思い出した。千晶はなぜか誘蛾灯《ゆうがとう》に誘われるように、急な石段を登っていく。

やがて、あの日の下った石段を、逆から登っていることに気付いた。

しかし、ここは上野であり、深川ではない。不思議な気持ちに囚《とら》われたが、やはり灯りはあの日と同じ店だった。

屋号もない縄暖簾の奥に、あの夜と同じ面子《めんつ》の客がいて、楽しそうに歓談している。表に立つと、吉右衛門がこっちを振り向いて、やはり小さく頭を下げた。柔らかい微笑みも、あの日と同じだ。

　店の格子戸を開けると、

「しばらくです。お待ちしておりました」

と大将が言った。

覚えてくれていたのだと思うと、千晶は安堵すると同時に、

——こちらの世の中では、ここに店があるのか……。

という奇妙な思いに襲われた。

「あの、私のこと……知ってるのですか」

訊き返す前に、久枝が席をずれて、隣にいたゴロちゃんとの間を開けて、

「待ってたのよ。元気にやってるのかなって、みんなで話してたのよ。あの雨の日に、
ねえ、まるで濡れ鼠《ねずみ》のように来たからさあ」

「はい……前はたしか、狸坂だったはずだけれど……」

「ああ、上からはころころ転がる『狸坂』。下からは登るのきついね『狐坂』ってね。

同じ坂でも上り下りで呼び方が違うんだ」

　久枝が説明をした。

「この辺りは、狸の穴が一杯あったらしいからね。騙し合いしてんじゃないのかな」

「そうなんですか……」

千晶が座ると、今度はゴロちゃんが親しげに声をかけてきた。

「今日は商売に失敗して、五千両の大損だよ」

「五千両……⁉」

驚く千晶に、おみよが笑いながら答えた。この前と同じ着物である。

「あ……」

五郎兵衛は何年か前に死んだという番頭の話を、千晶は思い出した。だが、あまりにも楽しそうにしているので、千晶は言いそびれてしまった。不思議と怖くもなかった。

「だから、今日は自棄《やけ》食いだ。丁度いいときに来たね。俺の奢《おご》りだ」

ゴロちゃんはすでに酔って名調子なので、奢りたがっている。みんなもその性癖を承知しているので、さりげなく煽《おだ》てて、支払いを押しつけようとしていた。それでも悪気はない。なぜか和気藹々《あいあい》としている。

「奢りかあ……じゃ、私も遠慮なく、美味しい物、頼まなくちゃ」

吉右衛門はにこりと千晶に笑いかけて、

「では、腕に縒《よ》りをかけて」

と脱皮したての蟹《かに》に、軽く粉をまぶして揚げたものに、蟹ミソ風味の出汁《だし》を搦《から》めて出してくれた。

「この濃厚な蟹ミソの香りのある汁が、柔らかな香ばしい脱皮蟹と合って、なんかとっても幸せな気分……」

満足そうな笑顔で千晶が堪能していると、

「幸せってなんでしょうな」

と吉右衛門が訊いた。

「さあ、こういう美味しい物を食べているときかなあ……」

答えることもなく、ただ千晶は言った。

「そうだな。幸せかどうかは、人が決めることじゃない」

「小難《こむずか》しい話はどうでもいいよ、大将」

大工の源さんが渋い顔で、横合いから話に割り込んで、

「女は残酷だねえ……死に物狂いでやっと脱皮したばかりなのに、あっさりと食っちゃうんだもんなあ」

と言うと、梅ちゃん先生も頷いた。

「ほんと、ほんと。男が一生懸命に稼いだ金を、事もなげに吸い上げるしな。ゴロち

ゃん、おまえ気をつけた方がいいぞ」

「いいよ。千晶ちゃんにならら、身代ぜんぶやっていい。茶店で働くことなんかない」

ゴロちゃんはまんざらでもない顔で、千晶に酒を注いだ。さりげなく受けながら、

「あれ？　なんで、みんな知ってるの。私が何処で働いてるか」

と首を傾げると、おみよが笑い転げるように言った。

「だって、上野の『菊乃屋』には浮世絵になるような美女しかいないから」

久枝も軽く千晶の肩に触れて、親戚のおばさんのように声をかけた。

「どんな仕事でも大変だと思うけどさ、自棄《やけ》が一番いけないからね。まだ若いんだから、しっかりやらなきゃいけないよ。せっかく、脱皮したんだからね」

「脱皮……」

千晶は思わず箸《はし》で摘《つま》んでいた蟹を見つめた。

「成長したって証《あかし》でしょ。だから、抜け殻のことなんて気にすることない。これからのことを大切にしなきゃ」

「……………」

「でも、脱皮したては柔らかいから傷つきやすいし、外敵からも襲われやすいから、気をつけてよ」

しみじみと言う久枝に、ゴロちゃんが呆れたように、

「せっかく美味いもの食ってるときに、例《たと》え話を考えろよ。ほんと久枝さんたらよ」

と言った。だが、千晶は納得したように頷いている。

「そうだよね。もう振り返ることないんだ」

自分に言い聞かせるような千晶に、吉右衛門は木訥《ぼくとつ》とした声で、

「でも脱皮した蟬《せみ》の皮は漢方になるし、蛇の皮だって貴重な財布なんかに使われる。ただの抜け殻とは違うんだ。それも、生きてた立派な証なんだ」

「生きてた証……」

「でも、本当にいいのかな」

「え……？」

「もうひとりの自分を捨てていいのかな」

「…………」

「もしかしたら、迷っているだけかもしれない。久枝さんが言うように、気にする必要はないのかな。あっさりと雨合羽《あまがっぱ》を脱ぐようにはいかないと思うけどな」

「――抜け殻は生きてた証……」

千晶はぽつりと繰り返してから、

「やだあ。なんだか死んだ人の話をしてるみたいじゃない」

「だよ、大将。今日は久々に千晶ちゃんの顔を見たんだからさ、トコトン飲もうじゃないか、俺の奢りだし」

ゴロちゃんが調子づくと、源さんも梅ちゃんも次々と酒や食べ物を注文した。おみよや久枝も、千晶と十年来の親友のように屈託のない、楽しい夜を過ごした。

吉右衛門はにこにこ微笑みながら、千晶のことを見ていた。

六

今日も客は溢れるほど一杯だった。

小雨が降っていたが、客足が途絶えないのは、やはり人気の茶店だったからである。女将も千晶のことを気に入っていた。

「あんたが来てくれたお陰だわ。まるで福の神。これからもよろしくね」

客を見送った女将が嬉しそうに言ったとき、千晶は近くの道端に目を移した。傘も差さずに突っ立っている男がいた。

すぐに、和馬だと分かった。女将も人影に気付いて、

「――誰……？」

と訊くと、千晶は素直に、

「お旗本の高山和馬様です……どうしてこんな所に」

「そうなのかい。お旗本と知り合いなら、連れてきなさいな。あんな所にいたら、ずぶ濡れになるじゃないか」

女将が先に戻ると、和馬が店の表まで近づいてきた。

「随分、探した。何処に行ったかと思ったよ」

その言葉に、千晶はハッとなり、

「えっ。本当の和馬さん⁉」

「志乃さんが追い出したんだってな……あれから毎日、探したよ」

「――なんだ……一瞬、元の世に戻ったのかと思った」

ふっと笑って、千晶は和馬の手を引いて、店の中に入った。仕切り部屋は避けて、付け台の片隅に座り、甘柿と茶を勧めた。すっかり茶店の娘風になっている千晶を、和馬はじっと見つめていた。

「診療所を作る話は大分、進んできた。手伝ってくれぬか」

「もうこの暮らしに慣れたし……結構、気楽でいいんです。性に合ってるのかも。それに、この世では、人別帳もない女なんです」

「もう一度、奉公してくれぬか」

その言い草に千晶は笑いながら、お酒にしますかと訊いた。茶店だが軽く出すこともあったからだ。

「志乃さんに悪いから」

「あいつが追い詰めたとは知らなかった……もしかしたら、前にいた世に戻ったかと思っていたのだ。まさか、ここにいたとは」

「それより、どうやって、私がここにいるって分かったのです」

「有名な茶店だからな、すぐに噂が立つ」

とにかく和馬は、千晶がいなくなってから、探していたと繰り返した。

「どうして、そこまで……」

「分からない。どうしても探したかった……初めて会ったときから、なんというか、深い縁を感じていたのだ」

千晶はしばらく和馬の横顔を見ていたが、ゲラゲラと笑い出した。

「――そんなに、おかしいか」

「向こうの世の中では……全然、相手にされてなかったので」

「俺の前から消えないでくれ」

「本物の和馬様にそう言われたら、こんな事にはならなかったかも」

自嘲気味に笑う千晶の手を握りしめた和馬は、声を強めて、

「頼む。俺と一緒に……」

「だめです」

強く遮《さえぎ》って手を振り払った千晶を、和馬は憐れみを帯びた目で見ていた。

「私は別の世の人間……いつまた、元に戻るかもしれない。そんな女のために、和馬様の人生を狂わせることはないわ」

そのとき、乱暴な勢いで、町方同心と岡っ引が店の中に入ってきた。北町奉行所の定町廻り同心の古味覚三郎と熊公である。こっちの世でも、ふたりは組んでいるのだと思うと、千晶は妙に可笑《おか》しくなった。

「何を笑ってる。おまえが千晶……間違いねえな」

いきなり古味が偉そうな態度で訊いてきた。その後ろで、大柄な熊公も威嚇して睨みつけている。

「これは古味の旦那……熊公親分とはこちらでも仲良しなんですねえ」

「俺のことを知ってるのか」

「そりゃもう。色々とお世話になりましたから、向こうでは」

「向こう……塀の向こうってことか」

「え……？」

「散々、盗みや掏摸《すり》を働いてたそうだが、今度ばかりは殺しにも関わった。三尺高い所に晒される覚悟はできてんだろうな」

「何の話ですか」

「惚《とぼ》けても無駄だ。女将に相談されたんだよ。おまえに店の金を盗《と》られたってな」

「えっ……知りません」

古味が女将を振り返ると、

「はい。盗まれました。このお銀が見てたそうです」

「嘘です」

千晶は必死に違うと訴えた。だが、古味の人の疑う目には揺るぎがなく、

「女将の話じゃ、いきなり店に来て雇ってくれと言ったそうだな。深川の診療所で働いていたことがあるって話だが、出鱈目《でたらめ》だ。そもそも、そんな診療所はない」

「私は何もしていません。女将さん、きっとお銀さんが私を陥《おとしい》れるために……」

「そのお銀が殺されてたんだよ。心の臓を包丁で一突きでな。盗んだのを見られて、

女将に言われて腹が立ったんだろうが」

「そ、そんなこと……してません」

縋るように言う千晶だが、女将は長く雇っている方を信じると言い張った。古味は十手《じって》を突きつけながら、

「とにかく、話は番屋で聞く。逆らうと縛らなくちゃならねえから、大人しくしな」

と迫ったとき、和馬が止めに入った。

「その女は、うちの奉公人だ。話なら、俺が聞こう」

「——あんた、確か……」

「小普請組の高山和馬だ。おまえは北町奉行所の定町廻りだったな」

「なんだ只飯食いの小普請組か」

「千晶は産婆で骨接ぎ師だ。嘘だと思うなら、藪坂甚内先生に聞いてみるがよい。おまえも深川界隈をうろついているから、名医の藪坂先生くらい知っているだろう」

「旗本だかなんだか知らないが、これは町方の御用だ。邪魔しないでくれ」

「ならば、こうしよう。北町奉行の遠山様はうちの屋敷の近所で顔見知りだ。別の用件だが、何度か話し合いなどもしている。もし、この女が盗みだの殺しだのをしているのならば、俺は自分の奉公人が悪事をした責任を取って、遠山様の前で腹を切る」

「えっ……おまえ、真面目に言ってるのか……」

「これでも旗本の端くれだ。御家人に、おまえ呼ばわりされる謂われはない」

強い口調で言い返した和馬の横顔を、千晶は頼もしそうに見ていた。

遠山奉行の名前まで出されては、古味はこれ以上、責め立てて自分が下手《へた》を踏むかもしれない。証言も女将の話だけだから、一旦、引くことにした。

「高山和馬様ですね……今日のところは、お顔を立てますが、疑いが晴れたわけじゃない。お覚悟はいいですね」

古味は店から出ていったが、表で熊公に何やら囁いた。どうせ見張りを続けさせるつもりであろう。店の奥で、バツが悪そうな顔をしている女将に、和馬は言った。

「この女は連れて帰る。よいな」

「…………」

「女将。どうせ、おまえもろくなことをしてない面構えだ」

店を出て三ノ橋《さんのはし》の方に向かいながら、

「このまま逃げないか」

と和馬が言った。意外な言い草に千晶は目を見張った。

「おまえがそんな女でないことは分かる。だが、あの古味というのは執念深い奴でな、色々でっち上げては、罪人を作る輩だ」

「ええ、向こうの世でも、袖の下同心と呼ばれていますから」

「だから名前を知ってたのか、はは……さもありなん」

和馬は小馬鹿にしたように笑った。

「どうせ、俺のことにも、あれこれケチをつけてくるであろう……おまえの生まれ故郷はどこだ。二親《ふたおや》はどうしている」

「え……」

「おまえがこの世にいないということは、二親がいたとしても一緒になってないか、それともふたりとも存在しないのか」

こんな話を始めた和馬の顔を見ていると、千晶は急に郷愁に囚われた。

「ごめんなさい。私が悪いのに、和馬様に迷惑をかけっぱなしで……向こうの世でも、こっちの世の中でも」

千晶は感慨深い思いになって、また涙が溢れてきたが、拭っても拭っても止めどもなく流れてきた。

その翌日、ふたりは浦和《うらわ》に向かっていた。板橋宿《いたばししゅく》から戸田《とだ》の渡し、蕨宿《わらびしゅく》を通り、根岸《ねぎし》村辺りで一休みをした。富士山がとても綺麗に見えるからだ。

「私が生まれ育った村は、浦和宿の手前にある岸村《きし》という何もない所。ちょっとした山が邪魔して、この富士山も見えない」

それでも、千晶は懐かしさの余り、幼い頃を過ごした村の祭りや焼き米を沢山作った話などを語った。荒川《あらかわ》では女だてらに鮎釣《あゆつ》りとか鰻捕《うなぎと》りをしたという。

「この川の上流の土手沿いに、私の二親の家がある……はず。でも、田舎が嫌で、猪牙舟《ちょきぶね》に乗せて貰って逃げるように江戸に……だってさ、親父ったら結納金《ゆいのうきん》欲しさに、私をある商家のぼんぼんに嫁に行かせようとしたんだよ。でもそれは嘘でさ……女郎にされるところだったんだ」

「酷《ひど》い父親だな」

「ほんと、博奕《ばくち》好きの大酒飲み」

荒川沿いの道を来ると、古風な庄屋風の家が見えてくる。田舎とはいえ、結構な養蚕農家だったのだと、和馬は思った。

懐かしい目で近づいて、千晶が生け垣の中の庭を懐かしそうに眺めると、突然、犬が吠え始めた。

「シロだ。ちゃんといるんだ」

千晶が思わず庭に入ると、白い犬が威嚇して吠えた。

「弟が子供の頃、拾ってきた犬。シロ、シロ……」

　犬は自分の名前を呼ばれても吠え続けていた。すると屋敷の戸が開いて、手拭いで姉さん被りをした野良着姿の中年女が出てきた。

「どちら様でしょうか」

　声をかけてきた中年女を見て、千晶は立ち尽くした。

「――お……おっ母さん……」

　自然と込み上げてくるものがある。だが、中年女の方は不思議そうに見ているだけだ。千晶は深々と頭を下げて、

「江戸に出たまま一度も帰ってこなくて、ごめんね」

「え……」

「私のこと分からない」

「いいえ……」

「喜助《きすけ》は元気？　弟の喜助」

「弟って……喜助はひとり息子ですが、あなたは喜助の……？」

「やっぱり、いないんだね、私……まあ、いいか、どうせ帰ってないしね……お父っつぁんは元気ですか」

「亭主なら、昨年、卒中で……」

亡くなったと、中年女はぼそっと言った。

「――そうですか……もしかしたら、あの世に行ったお父っつぁんが、こんな悪戯《いたずら》をしたのかもしれませんね……」

「なんなんですか、あなた」

「いえ……失礼しました。おっ母さんも元気でね」

と言うと深々と頭を下げ、千晶は川端で待っている和馬の元に戻り、振り切るように立ち去るのだった。

七

その日のうちに、ふたりは荒川を江戸に向かう荷船に便乗させて貰い、隅田川《すみだがわ》へと流れ、深川に着いたときには夜になっていた。

千晶は自分がこの世にいない人間だということを確信すると、妙にサバサバしてきて、もう一度、違う人生を歩める気がしてきた。もしかしたら、和馬と一緒になれるかもしれないという淡い夢も抱いた。

「でも、私……下女でもいいですよ」

「え……」

「そうだ。本当に藪坂先生の『深川診療所』ができるなら、そこで働きたい。結局、同じ人生か。あはは、変なの」

　しばらくは高山家に仮住まいをし、診療所ができれば、そこに住み込みで働くつもりである。この世に自分がいないのなら、もう二親の心配をすることもないとも思った。

　灯籠が続く富岡八幡宮の表参道を歩いていると、ほんの短い間、離れていただけなのに、懐かしい思いに溢れた。

「今日からまた、この町で暮らす。同じ産婆でも、新しい自分になって」

　妙に浮き浮きしている千晶を見て、和馬も嬉しそうに頷いた。

「俺もな……おまえに会うまでは感じなかったものが、自分の中にふつふつと湧いてくるのが分かるんだ……なんというか、今までの自分じゃないものが」

　くすっと笑った千晶は、すっかり馴染んだように、

「和馬様がこんなに情熱があるとは思わなかった。いつもぼんやりしてたから」

「そっちの俺のことは知らん」

「ですよね……これからも、どうか宜しくお願い致します。なんだか願いが叶って得した気分がしてきた」

「え……？」

「いいえ、こっちの話です」

表参道にある小間物店で、和馬は手鏡を買った。元の世で貰った桜の柄《がら》ではなく、梅《うめ》の柄のものだった。しかもみんなと同じ土産物ではない。その上、銀の簪《かんざし》も買って、千晶の髪に挿《さ》した。

「――こんなこと、和馬様にされるなんて、嬉しい……」

千晶は素直に喜んだ。

鬱蒼《うっそう》として暗くなった富岡八幡宮の境内で、ふたりしてお参りをして振り返ったとき、古味と熊公が突っ走ってきた。この前と違って、物凄い血相である。

「やいやい！　やっぱりてめえは大盗っ人の人殺しだ。観念しやがれ！」

熊公が大声で駆けつけると、古味は捕方も数人、従えて追ってきた。御用提灯《ごようちょうちん》を掲げて、まるで大捕物である。

「待て。この女の疑いは晴れたのではないのか」

和馬がまた庇ったが、古味は睨《ね》めるように見上げて、野太い声を発した。

「旦那。邪魔立てすると、本当に腹をカッ切らなきゃなりませんぜ」

「どういう意味だ。理由を言え」

捕方はふたりをぐるりと取り囲んだ。他の夜の参拝客らは驚いて逃げ出し、遠巻きに見ている野次馬もいた。

「高山様、そいつは相当の女狐ですぜ。女将まで殺したんでさ」

「いつのことだ」

「今日、店の中で。金も全部持ち逃げしてた。腹いせかどうか知らないが、女ッ。もう逃がさないから覚悟しろ」

意気込む古味と熊公だが、和馬は大笑いして、

「違う輩の仕業《しわざ》だな。今日なら俺たちはふたりで、浦和まで行ってた。証人なら船頭でも誰でもいるぞ」

「それもこっちで調べる。邪魔立てすると、旗本の旦那だからって容赦はしねえ」

古味は乱暴な言い草で、「かかれ！」と捕方たちに声をかけた。一斉に飛びかかってくる捕方たちの六尺棒を摑むや、和馬は柔術で投げ飛ばし、人形でも倒すかのようにバッタバッタと倒した。背中から地面に落ちた者たちは、苦しそうに呻《うめ》いていた。

「やろうッ」

袖を捲《まく》り上げた熊公が猛然と突っかかったが、これも相手の力を利用して、ひょいと投げ飛ばした。熊公は石畳の縁に躓いて鞠《まり》のように転がった。

一瞬、恐れをなした古味だが、鋭く抜刀して、問答無用と斬りかかってきた。激しい剣風が舞った。仕方がないとばかりに、和馬も刀を抜き払うと、目にも止まらぬ早さで、シュッと相手を斬った。

かに見えたが、帯を斬り落としただけであった。はらりと着物が垂れると、古味はさらに怒りを増したが、裾《すそ》を踏んで自分から転んでしまった。

「今のうちだ――」

和馬は千晶の手を引いて、境内の裏手の方に向かった。

「凄い、凄い。和馬様って、剣術はさっぱり駄目なのかと思ってた。だって、いつもご隠居さんに助けられてたし」

「そんなことはいいから早く」

大きな掘割沿いの道を、永代寺の裏手の方に向かっていると、ぼんやりと蠟燭《ろうそく》灯りが見えた。近づくと、『易・占い』と書かれた小さな箱提灯であった。小さな机には、羅紗《らしゃ》の布で顔の一部を覆っている辻占がおり、客の相談を受けている。

「あ……あの時の……！」

千晶はその辻占の前に立つなり、先客を押し退けるように、

「私……別の世で、あなたから変なことを言われて、こっちに来たんです。人殺しや泥棒扱いされてます。どうにかして下さい」

と声をかけた。

「あら、そうなの……」

辻占は口元で笑ったが、目は冷静なままで千晶のことを見ていた。

「前は、永代寺の門前でしたけど、それから色々あって、変な割烹とか……死んだ人が集まっているような……とにかく、こっちはこっちで大変なんです。このままでは、せっかく出会えた和馬様にも迷惑がかかってしまいます。どうか、どうか助けて下さい」

「…………」

「向こうとこことは、そっくりだけど、別の世の中で……」

辻占は少し考えていたが、まじまじと千晶を見上げて、

「――分かったわ。曼荼羅《まんだら》の中に迷い込んだのね」

曼荼羅とは、密教の教えにあるとおり、主尊を中心にして、諸仏諸尊が集会《しゅうえ》する楼閣を描いたものである。無数にあるといわれる世の中は、時空を超えて存在し、人

の魂はその中で無限に往来するともいわれている。

「そんなのどうでもいいから、助けて下さい」

羅紗の布がずれて辻占の顔が見えると、千晶はほんの少し顔色が明るくなった。

「分かりました。私はそのために、ここにいるのですからね」

「近頃、多いのよ。あなたみたいな人……ほら、今、そこの居酒屋から出てきた人……辻駕籠《つじかご》の人足と接触した途端、消えたわ……どっか別の世に行ったのね」

当たり前のように言う辻占を、傍らの和馬は怪しんで見ていた。

「江戸だけでも、年に何千人も神隠しに遭う人がいるのです。そのうち何人かは、あなたと同じ境遇になったのね、きっと」

「私の話、信じてくれるのですか。では、なんとかできるのですね」

「いいわよ。その代わり、見料は少々、お高いわよ」

「はい――」

一縷の望みに千晶は賭けた。

「あなたが、この世の中に来たときと、向こうの世にいたときと、変わらない場所はあるかしら?」

「変わらない場所……ぜんぶ同じよ……でも診療所はないし、和馬様は私のこと知らないし……でも、どこも変わってません。ただ、私がいないというだけで」

「でも、あなたが向こうの世にいたことも、この世にいることも、両方いずれも知ってる人もいるはずよ。じっくり考えてみて」

千晶は和馬を見たが、事情を知っているという意味ではない。向こうの世の中でも、こっちの世の中でも、変わらずに接してくれる人、もしくは場所がないかというのだ。

「そのような場所があれば、苦労なんか……」

と言いかけて、千晶はアッと思い出した。その表情を見て、辻占は微笑み、

「誰かいるのね」

「います。店の名前はないけど、すぐそこの狸坂の途中にある小料理屋……そこの人たちは、私がこっちに来ても分かってくれたんです。ええ、色々と愚痴を聞いてくれました」

堰《せき》を切ったように言う千晶に、辻占は希望の光を見たように、

「お店なのね？　今から、そこに行って、その人たちと一晩過ごしなさい。朝日が出るまで、明るくなるまで出ちゃだめよ。そしたら必ず、元の世の中に戻っているはず」

「本当ですか」

「絶対というわけじゃないけど、試してみる値打ちはある」

「そうなんですね……」

辻占は和馬に向かって念を押した。

「そちらのお武家様は、その店に入ってはいけませんよ」

「えっ、どうしてですか」

「だって、あなたはこっちの世の中の人ですもの」

「入ったら、どうなるのですか」

「あなただけがいない別の世の中に迷い込むだけです。いいですね」

和馬は鉛を飲み込んだような気になったが、狸坂――があるはずの坂まで――一緒に歩いていった。

石段の下に続く坂道には、ぽつんと一軒だけ店灯りがあった。

「これで、本当のお別れね」

千晶が言うと、和馬は名残《なごり》惜しそうに抱きしめた。

「待ってくれ……戻る必要なんてないじゃないか。このまま……」

「やっぱり、いけない。この世のあなたの人生を狂わせたらいけない。この世では、志乃さんと結ばれる運命なのですから。それに、私がいることで、あなたがもっと酷い目に遭うかもしれない」

「そんなこと覚悟してるよ」

千晶は和馬の胸に飛び込むと、激しく抱擁してから、

「ありがとう。さよなら……」

と離れて、急な石段を降りていくのだった。千晶は一度だけ振り返ったが、和馬の姿は宵闇の中に溶け込み、しだいに消えて見えなくなった。呆気《あっけ》ない別れだった。

八

付け台には料理が沢山並んでいた。

山盛りというわけではない。茗荷《みょうが》と釜あげしらす、若鶏《わかどり》と胡瓜《きゅうり》などの和《あ》え物や明《めん》太子《たいこ》の入った湯豆腐、鯵《あじ》の南蛮漬け、蛤《はまぐり》汁《じる》や蒸《む》し穴子《あなご》など、酒を飲みたくなる料理が次々と差し出されてくるのだ。

酒と料理の相性の蘊蓄《うんちく》を語る梅ちゃん先生の話を聞きながらも、目の前の一品一品に舌鼓《したつづみ》を打っていた。今の今まで、同心に追われていたことなど忘れたかのように。

吉右衛門はいつものように、素っ気なくもなく愛想良しでもない風貌で、淡々と素

早く丁寧に料理を作っている。

客の面子《めんつ》も常連ばかりだが、久枝だけがまだ来ていなかった。大工の源さんとゴロちゃんは材木の調達がどうのこうのと話しているが、おみよはまったく聞いておらず、誰かの悪口ばかり言っていた。

「久枝さんは、今日は、お仕事?」

誰にともなく千晶が訊くと、梅ちゃんがすぐに答えた。

「あの人は仕事なんかねえよ」

「そうなの?」

「ああ。この辺りの大地主だからね、家賃や地代だけでガッポリだよ。この店の大家でもある。だから、女将さん」

「へえ、そうなんだ……」

「本当は昔、この辺り一帯はただの湿地帯だったんだけどね、町名主さんのご先祖様たちが埋め立ててな、その名を取って深川だ。別に深い川があるわけじゃないのに。ぜんぶ自分の土地でもないけど、久枝さん大地主気取り」

「それにしても、凄い……」

梅ちゃんの話を、吉右衛門は微笑んで聞きながらも手は休んでいない。そして、ぽつりと、こう言った。

「千晶さんのために、頑張ってたんですよ。ちと疲れたんじゃないのですかな」

「――私のため……？」

「なかなか帰ってこないから、探しに行ったんだと思うよ」

「え……？」

「この辺りには、あちこちに色んな穴があるからね。江戸には狐を祀《まつ》ってる所が沢山あるように、狸の穴も沢山あった」

たしかに狸穴《まみあな》という地名もある。

「その穴に入り込んだら、道に迷って帰ってくるのも、なかなか大変だからね」

「そうなんですね……」

千晶は申し訳なさそうに、小さく頷いた。

「だから、短慮《たんりよ》はいけませんよ」

「短慮……」

「ええ。今の自分が嫌になったとか、仕事が厄介だとか……そりゃ、あれこれ思い悩むことは沢山、あるかもしれませんが、ぜんぶ消しちまうような、つまらない了見を持ったら、迷い込んでしまうんですよ……その穴に」

吉右衛門は、牛すじと冬瓜《とうがん》の煮物を差し出した。透明な汁も入っている。四つ足を食べるのは御法度《ごはっと》だが、猪《いのしし》でも兎《うさぎ》でもみんな食べていた。馬や牛が死んだのも、捌いて口にしていたのである。

椀を手にして、千晶はゆっくりと飲んだ。初めて、この店に入ってきたときの鯛の潮汁とはまったく趣《おもむき》の違った濃厚でコクの深い味わいだが、妙にサッパリしている。

「牛すじって、どんな料理にするにも手間がかかるんでしょ」

「なんだって、手間はかかるさ」

「ですよね……」

千晶はもう余計なことは言わないで、しみじみと味わって煮物を食べていた。その間に、久枝が来るに違いないと思ったが、なかなか現れなかった。

さっき吉右衛門が、「探しに行った」という言葉に改めて引っかかった。

「——久枝さん、何処まで探しに行ったんでしょうか」

ふいに問いかけると、吉右衛門は大きな俎板《まないた》に目を置いたまま、

「さあ。あなたを見つけるまでですかな」

「私はここに来たのに……」

「どうしたいのだね」

「…………」

「一本の坂道は、登るか下るかしかないんです」

「どっちに行けば戻れるんですか」

「戻りたいのですかな」

「はい……」

「後悔はしませんね。二度と」

吉右衛門が目を凝《こ》らして、千晶を見た。千晶も心から素直に頷き返した。

「だったら、朝までここでゆっくり過ごしていくがよろしかろう」

穏やかに微笑む吉右衛門を見上げて、千晶は胸躍る思いであった。辻占が言ったとおりだからである。

　その夜も、初めて来た雨の日のように、常連客と和気藹々と飲み食いした。出された酒が美味しすぎて、千晶は心地よい思いに浸った。その間、梅ちゃんも、ゴロちゃんも、おみよも千晶を交互に抱きしめながら、

「頑張んな。色々あらあな。でも、こんな美形で、人から見たら羨ましいことばかり。どこに不満があるのか、分からないよ」

　などと慰めてくれた。

表戸の格子戸の外が明るくなってきた。赤い朝日の光が伸びてきたのだ。

「では、大将……いえ、吉右衛門さん、ありがとうございました。また、向こうで会いましょう……」

「ああ。達者で暮らしなさいよ」

吉右衛門が言うと、おみよがかなり酩酊《めいてい》していて、

「二度と来るんじゃねえ、ばかやろ」

と言った。

それも激励の言葉だと受け取って、千晶は深々と一礼した。

表に出ると、通りの向かい側に、久枝が立っていて、笑いながら手を振っている。

「——あ、久枝さん……」

千晶が思わず駆け寄ろうとすると、石段から大八車がガタンガタンと轟音を立てながら、落ちるように疾走してきていた。「危ねえ、避《よ》けろ！」と誰かが叫んだが、一瞬、引き攣《つ》った顔になる千晶を目がけて、大八車が激突した。

悲鳴を上げる間もなかった。


どれくらい時が経ったのか、目が覚めた千晶は、『深川診療所』の庫裏の一室にい

た。ざわざわと人の声が聞こえる。

起き上がろうとして、体中に痛みが走り、うっと胸を押さえた。

「だめだよ。まだ起きられるものか」

声のする方を見ると、藪坂が千晶の顔を覗き込んでいる。

「先生！　私、どうしちゃったの」

「こっちが聞きたい。火事騒ぎがあって、竹藪の方へ行ったきり、行方を眩《くら》ましたらしくてな。みんなであちこち探していたら、夜明けに、酔っ払って道端にぶっ倒れてた。心配してたのだぞ、この人騒がせが」

「え……」

「竹下や宮内も総掛かりで看病した。診療所の者が迷惑をかけるな」

千晶が起き上がろうとすると、胸が痛くて動けなかった。

「まあいい。肋骨《ろっこつ》を一本、折っただけで無事に帰ってきたんだから、ご本尊の阿弥陀如来に感謝しろ。だが、骨接ぎのくせに、骨を折るとはざまあないな」

「本物の藪坂先生ですよね。私、元の世の中に戻ることができたのですね」

「？……どうやら、頭も打ったようだな。後で診てやるから、大人しくしてろ」

藪坂はぞんざいに言うと、患者が待っている診療部屋の方へ戻っていった。

開け放たれた障子戸の向こうには廊下があって、さらに向こうに大勢の患者たちの姿があるのが見える。驚きと嬉しさが入り混じった感情が胸を締めつけてきて、肋骨と相まって痛みが激しくなった。

「――夢だったの……？」

ぽつり呟いたとき、

「いいえ。夢じゃありませんよ」

と声があって、吉右衛門が入ってきた。

「薬草入りのおじやです。酒が抜けてないようですから、胃に優しいものをと藪坂先生に言われましてな」

「吉右衛門さん……」

「鯛の潮汁や蟹の姿揚げのような贅沢はできませぬが、ささ、召し上がれ」

「えっ――」

「とんだ目に遭いましたな。でもまあ、後悔はしないと誓ったじゃないですか……患者のために働きすぎて疲れていただけです。ささ、滋養をたっぷりとつけないとね」

「夢じゃない……」

「そうですよ。ほら……」

吉右衛門は、千晶が帯に挟んでいる手鏡と簪を指した。それを手に取った千晶は、しみじみと見つめながら、握りしめた。

「これは、もうひとりの和馬様が……」

まるで頬ずりするように、千晶は手鏡と簪を掌でしっかりと確かめて、

「ご隠居さんは、やはり神様だったのですね……で、私を見守ってくれていたのですね。本当に福の神なんですね」

「…………」

「もしかして、ご隠居さんは、曼荼羅の中を飛び廻ってて、色んな人を助けているのではないんですか」

食い入るような目で見る千晶に、吉右衛門は微笑み返すと、

「ここが、千晶さん……あなたの生きるべき世です……他には何処にもありませんよ。自分らしく頑張って暮らしていきなさい」

「…………」

「あなたが別の世に行ったお陰で、そちらでもこの診療所ができるでしょうから、よかったよかった……おや、ようやく和馬様が来ましたよ。朝寝坊は相変わらずですからねえ」

障子戸の外を見やると、山門の方から和馬が歩いてくるのが見える。本堂の方へ向かって、お賽銭を投げ込んだ。

「――和馬様……」

切なげな目になる千晶に、吉右衛門はいつものようなお日様のような笑顔で、

「いつか必ず叶《かな》いますよ。千晶さんの思いが色褪《いろあ》せない限りはね」

「あれも現実だったのですね……」

千晶はさらに胸に熱いものが広がって、イタイイタイと胸を押さえた。

「生きてる証です」

「はい。私、和馬様のこと、ちょっと見直しましたし」

安心したように笑顔を返した千晶は、外に目を移した。

――もうひとりの和馬様……あなたもきっと無事に暮らしてますよね……。

と痛い胸の中で呟いた。

同時に、吉右衛門の顔を振り返った。千晶の頭の中には、薄紫の暖簾の小料理屋がはっきりと浮かんで、

「いらっしゃい。初めまして」

と声をかけてきた吉右衛門の姿と重なった。

そして、常連客の梅ちゃん、源さん、おみよ、ゴロちゃん、久枝さんらが、わいわいがやがやとグダを巻きながら、料理に舌鼓を打って酒を飲んでいるのであろうと思いを馳せる千晶であった。

いつもの深川の潮風が流れ込んでくると、和馬がこちらへ来る姿が見えた。

第四話　夕顔の罪

一

どこでもある九尺二間《くしゃくにけん》のおんぼろ長屋の一部屋に、酔っ払いが転がり込んできた。土間から上がり框《かまち》に倒れ込んだ亭主らしき男は、大声で喚《わめ》き立ててた。怒っているのではない。何が楽しいのか陽気な笑い声混じりで、

「こんなことも、あるもんだなあ。ひゃはは、だから博奕《ばくち》はやめられねえ」

と酒臭い口で、女房の頬に吸いついた。そして、しつこく舐め廻そうとする。

「よしなさいな。子供が起きるでしょ……」

奥といっても、土間と畳の間《ま》しかない。衣桁《いこう》の下に敷いてある蒲団に、十歳くらいの男の子が眠っている。

「いいじゃねえか。これまでの苦労を何倍もにして返すからよ。ほら、見ろよ」

懐《ふところ》から出した巾着《きんちゃく》袋はズッシリと重そうだった。紐《ひも》を開けて中身を床に出すと、ジャラジャラと思いの外《ほか》、大きな音がして現れたのは、数十枚の小判だった。障子窓から差し込んでいる仄《ほの》かな月明かりにですら、燦《きら》めくほどの黄金色だった。

小判の塊《かたまり》を目《ま》の当たりにした女房は、凍りついたように動かなかった。

「どうでえ、驚いたか。これだけありゃ、贅沢《ぜいたく》できる。いや、贅沢なんかしなくていい。ふつうに暮らしてりゃ、何年も働かなくたって暮らせるってもんだ」

「おまえさん、これ……まさか……」

疑わしい目つきになった女房に、亭主は首を横に振りながら、

「なんだ、その顔は。本当に賭場《とば》で勝ったんだよ。最後の最後に、思い切って〝半〟に賭《か》けたんだ。そしたら、見事にきやがってよ。他の奴ら、ほとんどは今日は〝丁〟の目だとか言ってたから、ほとんど俺のひとり勝ちだ。アハハ。たまんねえなあ」

亭主は小判を掌《てのひら》で何度も撫でながら、

「おっと、いけねえ。あまり、はしゃいでると長屋の者に気づかれちまう。俺に金が入ったと知ったら、きっと貸せと言い寄ってくるに違えねえ。いや、盗まれるかもしれねえからよ、大切に壺にでも入れて……」

と言いかけたとき、表戸を蹴破るような勢いで、町方同心と岡っ引、その後ろには捕方が数人、押しかけてきた。

「植木職人の房蔵《ふさぞう》だな。盗みの疑いがある。神妙にお縄につくか」

「えっ……」

キョトンとした顔で亭主は振り返ったが、女房の方は俄《にわか》に震え出した。

「先刻、日本橋の呉服問屋『伊勢屋《いせや》』に、〝ムササビの風太郎《ふうたろう》〟なる盗っ人一味が押し込み、手代らを刃物で傷つけて、千両箱を盗み出した。おまえも仲間だな」

「な、なんの話だ……違うよ、これは……」

亭主は言いかけたが、丁半賭博は御法度《ごはっと》である。ある旗本の中間《ちゅうげん》部屋で開帳していた賭場で、賭《かけ》をして勝ったと話したかったが、下手《へた》をすれば遠島は免れない。とっさに亭主は、

「これは、すげえ金持ちの家の庭を手入れした褒美として、親方から貰ったんです」

と嘘をついた。

「出鱈目《でたらめ》を申すな。盗っ人一味の中に、おまえの姿を見た店の者もおるのだ」

「そ、それこそ嘘です……俺はただ……違いやすよ、旦那ッ」

必死に言い訳をしようとしたが、もう町方同心は聞く耳を持たず、激しい捕り物に

なった。大騒ぎに目が覚めた男の子は、何が起こっているのか分からず、しばらく呆然と見やっていた。

その子の目の前で、父親は顎《あご》から叩きつけられ、罵声《ばせい》を浴びせられながら、捕方らに馬乗りにされ、後ろ手に縛られた。

苦痛に歪み喚き散らす父親の顔を、男の子は夢かうつつか判別できない目で、じっと見つめていた。

「――旦那様。大丈夫ですか、旦那様」

ハッと目が覚めて起き上がった理兵衛《りへえ》の前には、手代の吉松《よしまつ》が座っていた。まだ十七の若造だが、体つきも大きく、意志や心がけもしっかりしているから、理兵衛は信頼していた。

「ああ、おまえか……」

「また悪い夢を見ていたのですか。随分とうなされてましたよ」

「そうか……いや、起こしてくれてありがとう。もうすぐ殺されるとこだった」

誤魔化すように笑った理兵衛だが、胸の中には鉛がずっしりと落ちているようだった。三十になったばかりだから、吉松から見ても主人というより、兄という感じである。

六助《ろくすけ》という十二の小僧もいるが、理兵衛の店は、わずか三人の所帯である。油問屋という看板は出しているものの、それは名ばかりで、実際は量《はか》り売りをしている小売りである。それでも、なんとか糊口《ここう》を凌《しの》ぐことはできている。

「近頃、遠くまで出商いに行って、疲れてるのではないですか。旦那様に倒れられたら、私は行く所がありませんから、お体には十分、気をつけて下さいまし」

「ありがとう、吉松……心配かけさせてすまないな……昨日は永代橋《えいたいばし》を渡って八丁《はっちょう》堀《ぼり》の方まで行ったからな……いや、すまん」

「謝《あやま》ることではありません。今日は私が代わりに出向きますから、休んで下さい」

「そうしたいのは山々だが、楽することを覚えるのも駄目だ……今、何刻だろうな……とにかく、いつものように起こしてくれ」

吉松に念を押して、理兵衛はもう一度、横になって蒲団を被《かぶ》った。

どのくらい眠ったのか、障子窓から差し込む朝日の眩《まぶ》しさに目が覚めた理兵衛は、まだ眠り足りないように体が重かった。

「あっ――」

毎日、未明のうちに起きている理兵衛は、日の高さから、もう五つは過ぎていると分かった。跳ね起きて着替えもせずに店に出ると、六助が店の前や土間の掃除はとうに済ませ、油桶や油差し道具などを磨《みが》いていた。

「おはようございます」

六助は屈託のない笑顔で挨拶をした。

「なんで起こしてくれないんだ」

理兵衛が少し不機嫌に言うと、六助は申し訳なさそうに頭を下げて、

「旦那様は疲れているから、今日は寝かせてあげといてと言われまして……起こした方が良かったですか。どうもすみません」

「いや……謝らなくていい……おまえも毎日、ご苦労なことだな」

「当たり前のことですので」

「そうか……そう言ってくれると、ありがたい……はあ……」

店の片隅にある帳場に腰を下ろして、理兵衛は短い溜息をついた。だが、気持ちよく眠ったせいか、昨日よりはマシな感じもしてきた。改めて吉松の気遣いに感謝した。

寝間着から着替えて髪を整え、きちんと羽織を身につけると、疲れが取れて少しは背筋が伸びる気がした。濃いめのお茶を飲んで、算盤《そろばん》を手にしたものの、ふいに昨夜の夢を思い出した。

「──いつまで、あんな夢を……」

ぼそっと呟いたが、口に出すからいけないのだと思い直し、整理が溜まっている帳簿を開いて算盤の駒を弾き始めたとき、

「ごめんくださいまし」

と涼やかな声があって、ひとりの町娘が入ってきた。

地味な柄《がら》の小袖だが、年の頃は、理兵衛よりも五つ六つ年下であろうか。陽光が眩《まぶ》しいせいか、うっすらと紅を差した顔が輝いて見えた。店の敷居を軽く跨《また》ぐ姿も、妙に軽く華やかだった。

「あっ……」

理兵衛は声にならない感嘆を洩らしたが、一目惚《ひとめぼ》れに近い気持ちに胸が高鳴った。大袈裟《おおげさ》かもしれないが、これまでにないほど動悸が激しくなり、

「い、い、いらっしゃい……」

と声が裏返った。

その様子がおかしいのか、見ていた六助が思わず噴き出して、理兵衛の言葉を補うように、娘の前に出向いて、

「いらっしゃいませ。何に致しましょう」

と尋ねた。

食用油に行灯《あんどん》油、金物や刃物を磨く油に、炭火を補う油など幾種類もの油を扱っていると、六助は流暢《りゅうちょう》に話した。場所によっては、届けることもでき、お代《だい》は後で構わないが、盆暮れに精算する掛け売りは御免だと、丁寧《ていねい》に断った。

そんな六助の頭を軽く撫でて、

「きちんとしてる小僧さんですね。ご主人の人柄や心がけがよく伝わってきます」

と娘は微笑《ほほえ》んだ。その温もりのある笑顔が、また浮世絵から出てきたように美しく、理兵衛の目に焼きついた。

「ええ……いらっしゃいませ」

六助と同じ言葉を繰り返すと、娘はくすりと笑って、

「今日はご挨拶《あいさつ》に参りました」

「挨拶……」

「はい。同じ中島町《なかじまちょう》内に越して参りました。はまぐり長屋の加代《かよ》と申します。大家さんにこの油問屋を教えていただきました。これからも宜しくお願い致します」

深川門前仲町《ふかがわもんぜんなかちょう》の入り口ともいえる中島町は、元禄《げんろく》時代に小田原町《おだわらちょう》、南本郷町《みなみほんごうちょう》、霊岸島川口町《れいがんじまかわぐちちょう》が合わせてできた町で、黒江川《くろえがわ》、大島川《おおしまがわ》、油堀西横川《あぶらぼりにしよこかわ》に囲まれている

中洲《なかす》のような町である。門前町と繋がっているので、人通りが多く、周辺の住人のための店が何軒も並んでおり、町内には町方同心も立ち寄る自身番もある。

「あ、そうですか……この辺りは意外と安寧秩序が保たれていて、暮らすにはいい所でございますよ」

「はい。そう聞いています。何より富岡八幡宮が近いので、縁起が良さそうです」

「そりゃ、凄くいいですよ。私もここに店を出してまだ三年ばかりですが、運がついたような気がします」

「そうでしたか。『えびす屋』さん、とても評判が宜しいですよ」

『えびす屋』とは理兵衛の店の屋号である。適当につけたものだが、みんなが笑顔でいられるようにとの思いもある。油で世の中を明るくするつもりだと話すと、加代は楽しそうに笑みを零《こぼ》した。

「では、これからもどうぞ宜しく……」

深々と頭を下げて立ち去ろうとする加代に、理兵衛は別れがたい感じがして、思わず声をかけた。

「もしよければ、何か油を……後で、長屋の方にでも届けます。あ、いえ、お近づきのしるしです。代金は要りません」

「そんな、悪いです」

「遠慮することはありません。ええ、ぜひ、そうさせて下さい」

理兵衛は胸の高まりを抑えながら、必死に訴えるように言った。相手は申し訳ないと思ったのか、曖昧に「ありがとうございます」とだけ言って、いま一度、挨拶をしてから立ち去るのであった。

傍《かたわ》らで見ていた六助が、にんまりと笑って、

「――旦那さん……鼻の下が長く伸びきってますよ」

と冷やかすと、理兵衛は真顔に戻って誤魔化すように、算盤を弾《はじ》き始めた。

「ええと……どこから、だったたっけなあ……」

六助は苦笑しながら、

「ああ、暑い暑い。今日は暑くなりそうですねえ」

と、店の表に水撒《みずま》きを始めた。

理兵衛はまんざらでもない表情で、今し方、加代が立ち去ったばかりの通りを、暖《の》簾《れん》越しにぼんやりと眺めていた。

二

満月が赤い夜だった。

墨田川から流れてくる風に誘われるように、高山和馬は両《りょう》国橋《ごくばし》東詰まで、ぶらぶらと歩いてきた。

今宵は飲めない酒を、少しばかり飲んでおり、足下が覚束《おぼつか》ない。小普請組旗本の集まりが、両国橋西詰の料亭で開かれていたからである。

両国橋とは武蔵国と下総《しもうさ》国に跨《また》っていたことによる名称だ。明暦《めいれき》の大火で、逃げ場を失った多くの江戸町人が犠牲になったころ、架《か》けられたものだ。この橋のお陰で、本所《ほんじょ》・深川が発展したともいえる。

橋の東西に、火除《ひよ》け地として広小路が設けられているが、普段は葦簀《よしず》張り同然の店が開かれている。火気は厳禁だが、ちょっとした茶店や髪結《かみゆ》い床、見世物小屋、寄席《よせ》の類《たぐい》もあって、昼間は賑わっていた。だが、日暮れとともにすべて片付けられる。

川端には常設の船宿や料理屋などが並んでおり、武家や豪商の寄合がよく行われていた。同じように東詰にも食事や酒を出す店があったが、こちらは少し淫靡《いんび》な雰囲気が漂っており、猥雑な雰囲気の店や水茶屋なども提灯《ちょうちん》を出していた。

「今日はちょいと川を渡っちまうかい」

酔いに任せて、西から東の広小路に行く者たちも多かった。その先には、深川七場《ななば》所《しょ》と呼ばれている岡場所もある。酒の勢いも手伝って、紅灯《べにあか》りの町へと繰り出すのである。

もっとも、和馬は家路についただけである。さらに竪川《たてかわ》沿いを渡って西に向かい、菊川町《きくかわちょう》の屋敷に帰り着く頃には、酔いが覚めそうだった。梅が咲いたのに、まだ川風は冷たかったからだ。

だが、小普請組組頭の坂下善太郎《さかしたぜんたろう》が、久しぶりだから、もう一軒付き合えと言う。小心者のくせに、酒を飲むと気が大きくなるという類《たぐい》の男だ。

「いや、俺はもう……」

「そう言うな、高山。ひっく……おまえには、いつも世話になっているから、ひっく……今夜は俺の奢《おご》りだ」

しゃっくりをしながら坂下は、擦《す》り寄ってきた。

「何かいいことでもありましたか。あ、もしかして、〝お番入り〟になったとか」

〝お番入り〟とは役職について、現役に復帰することである。

小普請組とは、屋根瓦《がわら》が壊れたり、垣根が崩れたり、橋桁《はしげた》が傷んだりするという小さな破損を修繕する役目である。もっとも、実質は誰かに仕事をやらせるので、無役を意味する。役職を外れることを〝小普請入り〟と称されるのだ。その逆が〝お番入り〟で、大変めでたいことである。

「いや、そうじゃない。俺たちは、ひっく……小普請組でありながら、仕事のない人足らに職の世話をしたり、貧しい者たちに飯を食わせたりする大切な役目も預かってる」

「ほとんど金にはなりませんがね」

「何を言う、ひっく、高山殿」

坂下は自分の頭くらいにある、和馬の肩を軽く叩いた。

「殿はやめて下さい。気持ち悪いので。一応、あなたが組頭なんだし」

「一応……な」

「あ、いえ。本当に組頭です」

「よかろう。ひっく……でも、無役の俺たちだからこそ、江戸町人の役に立てる……困っている人たちを存分に助けることができる。政《まつりごと》とは仁《じん》なり、ひっく、慈悲《じひ》なりと教えてくれたのは、おまえだ……俺は尊敬すらしておる」

「それは嬉しく存じます」

「だから、おまえの慈悲……仁愛をかけてやって貰いたい者たちが、ひっく……すぐそこにおるのだ……」

「どこですか……」

「そこだ。見えるではないか、ほら」

　ふらつきながら指した所は、何軒か並んでいる艶《なま》めかしい雰囲気の水茶屋だった。若い娘が酒の給仕をしながら同席して、猥談などをして楽しむ店である。

　本来は、寺社の境内で参拝客相手に茶を出す所だったが、笠森《かさもり》おせんや難波屋《なにわや》おきた、高島屋《たかしまや》おひさなど、浮世絵に描かれる看板娘が評判になった。美人目当ての客が増えることで、店の質が変わってきた。両国東詰は、上野広小路、浅草界隈の店よりも、かなり場末な感じがする水茶屋ばかりだ。

「——ああ、よしましょう。今日は早く帰らないと、ご隠居が……」

「ご隠居がなんだ。吉右衛門のことか。あんな爺《じい》さんの顔を見たところで、楽しくないだろう。それより、ほらほら」

　坂下は強引に、水茶屋の一軒に和馬を引っ張っていこうとした。ふだんは非力のくせに、このような時だけ馬鹿力が出る。あっという間に近づいたのは、『おかめ』という提灯の揚がった店だった。

「あっ、高山。今、店の名を見て、なんだと思っただろう。それが違うのだ」

「何がです」

「浮世絵から出てきたような美形ばかりなのだ」

「そうですか……本当に俺はもう……」

袖を摑んでいる坂下の腕を軽く捩《ねじ》って、和馬は離れた。その弾みで、坂下はよろよろと店の入り口まで、たたらを踏んで柱に頭をぶつけながら倒れ込んだ。

「だから言わないことじゃ……」

仕方なく抱え上げに行こうとすると、店の奥から、女将《おかみ》らしき年増と綺麗に着飾った若い娘がふたりばかり出てきて、坂下を抱きかかえながら、

「坂下さん。お待ちしてましたよ」

と声をかけた。

「ああ、これは面目ない……」

わざとらしく女将に抱きつきながら立ち上がると、坂下は、側《そば》に寄って支えた若い娘の手を親しそうに握った。

「おお、夕顔《ゆうがお》か……会いたかったぞ。一日千秋《いちじつせんじゆう》の思いで、もう胸が張り裂ける思い

だった。ああ、苦しくてたまらん」

「だったら、奥座敷でゆっくりとくつろぎましょう。坂下さんの好きな灘《なだ》の生《き》一本も、仕入れておきましたよ」

手を優しく握り返しながら、夕顔と呼ばれた水茶屋の女は、坂下を店内に連れて入ろうとした。入り際で和馬を振り返り、

「そちらの若いお殿様も、どうぞ……」

と誘った。

が、和馬は苦笑いをして、丁度良い塩梅《あんばい》だとばかりに、遠慮しておくと背中を向けた。和馬はどうも、好きでもない女に金を払って酒を飲む男の気が知れなかった。

「おや、そうなんですか……では、また改めて、おいでになって下さい。高山様」

夕顔が少し翳《かげ》りのある顔で微笑んだ。なぜ自分の名前を知っているのか不思議だったが、どうせ坂下が話の種に出したことがあるのであろうと思った。

軽く手を挙げて歩き始めると、ふいに目の前に人影が立った。

北町奉行所定町廻り同心の古味覚三郎である。いつもの相棒、岡っ引の熊公はいない。ということは、古味も深川界隈で飲み歩いていたのかと、和馬は勘繰《かんぐ》った。

「あの女は気をつけた方がいいぜ」

「え……」

「今の水茶屋の女……夕顔だよ」

「まるで騙されたような口振りですね、古味さん」

古味は〝鬼の覚三郎〟と呼ばれる、そこそこ遣り手の同心だが、その手腕は汚く、悪党ですら嫌がる存在だ。かといって町人たちに親切かといえば反対で、大店には用心棒代と称して袖の下を求めている。

仮にも和馬は旗本である。御家人のしかも同心の古味からすれば、身分が上だが、相変わらずの人を舐めた物言いである。

「ああ。少々、俺も食われそうになった。だが、こちとら年がら年中、オケラだ」

わざとらしく袖をぶらぶらと振って、

「源氏物語でもあるまいし、夕顔と洒落《しやれ》てるが、性根は底なしに恐ろしいぜ。いや、物語の夕顔太夫《たゆう》も純情に見せかけて、存外したたかだったたかもしれぬがな」

よほど酷い目に遭ったのか、古味は恨みがましく言った。

「今のは小普請組頭の坂下様だよな。無役なのに夜毎《よごと》、女遊びとは羨ましい限りだ」

「夜毎かどうかは知りませんがね」

「そうなんだよ。俺はしょっちゅう見張ってるから、分かってるんだ」

「見張ってる……坂下さんが何か……」

「違うよ。その水茶屋の『おかめ』が怪しいんだ。女将のお仙《せん》……むろん夕顔らもな」

「盗っ人一味ですか」

「なんで知ってるんだ。おぬしも、まさか、この水茶屋を探ってたんじゃ……」

古味は訝《いぶか》しげに見たが、和馬は適当に言っただけだった。近頃、深川界隈の武家屋敷や商家で何軒も盗みが起きているからだ。もっとも盗賊が押し込む乱暴なものではなく、こそ泥の類である。

「こそ泥でも立派な盗っ人だ。十両盗めば首が飛ぶからな」

「へえ……あの綺麗なお姐《ねえ》さんたちが盗っ人なら、仏様も骨抜きってところか」

和馬は関わりないとばかりに帰途につこうとしたが、古味は追ってきながら、

「何か知ってるなら教えてくれ。おまえは北町奉行の遠山様とも随分と昵懇《じっこん》みたいだし、これまでも何度か殺しや盗みの事件を解決した……俺は遠山様の密偵じゃないかと睨んでるんだ」

「俺が……冗談じゃありませんよ。怖い事や揉め事は大嫌いでね、可哀想《かわいそう》な人に何か恵んでやるのが関の山だ。おやすみ」

先に進もうとすると、路地から『おかめ』を覗くように見ている男がいた。和馬が気付くと同時、古味も目が止まった。思わず近づきながら声をかけた。

「おい。そんな所で何をしておる」

古味が十手《じって》を握りしめて向かうと、男は逃げることなく表通りに出て、

「夜廻り、ご苦労様です。私はごらんのとおり、油売りでございます。深川は中島町の『えびす屋』でございます」

と微笑んだ——理兵衛である。商売用の油桶を天秤棒で担いでいる。

和馬は知らなかったが、古味は店の屋号を承知していたらしく、まじまじと理兵衛の顔を見て、十手を引っ込めた。

「ああ、おまえか。見たことがある。こんな所まで商いか」

「へえ。油が切れたら、いつでもどこでも出向きますんで。先日は八丁堀まで足を運びました。ぜひ、お引き立てのほど、宜しくお願い申し上げます」

理兵衛が腰を屈《かが》めて挨拶をすると、古味は労《いたわ》るように、

「夜道は物騒だから、気をつけろよ。油を盗まれて付け火なんかされたら、おまえも罪を被《こうむ》らなきゃならねえからな」

「はい。ご忠告、ありがとうございます」

丁寧に一礼して理兵衛は、竪川に架かる橋を渡っていった。和馬もしばらく見送っていたが、古味に声をかけられる寸前までの、睨むような目つきが、気になっていた。

三

翌朝、高山家では、大工棟梁《とうりょう》の角蔵《かくぞう》と弟子の太助《たすけ》が、屋根や雨樋《あまどい》などを直していた。

時折、修繕をしているのだが、かなりガタがきていて、今にも崩れそうである。何処《どこ》かから飛んできた葉っぱや塵芥《じんかい》が雨樋に詰まって、水の流れも悪くなっている。

ご隠居こと、高山家の奉公人である吉右衛門は、角蔵たちのために朝餉《あさげ》を作っていた。江戸の朝炊《だ》き、上方《かみがた》の昼炊きというが、やはり朝から温かい飯を食べる方が、一日元気に過ごせるというものだ。

毎日、最低、五合は炊いている。一人扶持とは一日、五合の玄米のことである。食べる量がふたりならば多すぎるくらいだが、近所の子供たちも握り飯を食べに来るので、一升か二升、炊くこともある。考えてみれば、吉右衛門はこの数日、飯ばかり炊いている。

「和馬様。昨日は、随分と楽しそうだったですな」

吉右衛門が何気なく声をかけると、まだ寝惚《ねぼ》け眼《まなこ》の和馬は背伸びをしながら、

「いや、疲れ果てた。俺はつくづく、武家の寄合には向いてないと思う。酒を飲めないのもあるがな」

「無理は禁物ですぞ。近頃は和馬様も働き過ぎでございますから」

「皮肉か、吉右衛門」

「まさか。相変わらず、恵まれない人たちには慈悲深いことばかりをして、ご自分のことは後廻し……なかなかできることではありませぬからな。陰徳《いんとく》を重ねているのですから、いつかは良いことがあります」

「いつもと話が違うではないか。何か良いことを期待してるのは、陰徳ではないと」

「はは。さようでございましたな。私も修業が足りませぬ。おや、油が……」

桶を見て、油が切れかかっていることに気付いた吉右衛門が、後で買いに行くと話すと、和馬の目が輝いた。

「それなら、俺が行こう」

「まさか、若君にそのようなことを……」

「からかっているのか。なに、ちょっと気になる油屋があるのでな」

「またぞろ、余計なお節介ですか」

「うむ。そんなところだ」

集まってきた近所の子供らと一緒に朝餉を取ると、和馬は散歩がてらに富岡八幡宮まで行き、まだ蕾《つぼみ》の桜木を眺めながら参道をぶらついた。一の鳥居を潜《くぐ》って八幡橋《はちまんばし》を渡ったところに、『えびす屋』はあった。油問屋というほどの店構えではないが、客が何人か並んでいた。

手代と小僧が客に量り売りをしている奥で、羽織姿の理兵衛が、どこぞの武家の家中の者と商談をしているようだった。たしかに昨夜見た顔の、三十絡みの男だ。

「——へえ、それでは宜しくお願い致します。毎度毎度、ありがたく存じます」

話が成立したのか、武家を見送りに出てから、表通りに立っている和馬に気付いた。

「あ……昨夜、古味様と……」

理兵衛の方から声をかけてきた。和馬は手にしていた小さな油桶を差し出して、

「とりあえず、食用油を一升分、欲しい。それから後で、四斗樽を運んでくれぬかな。俺は高山和馬。小普請組の旗本で、屋敷は菊川町の方で、遠山左衛門尉様のお屋敷のすぐ近くだから、聞けば分かる」

と頼んだ。

恐縮したように、理兵衛は店内に招きながら、

「これは、とんだ粗相を……お旗本とは存じ上げず、失礼を致しました。古味様が偉そうにしていたので、てっきり……あ、私としたことが、相済みません」

と何度も頭を下げながら、奥の上がり框《かまち》に座布団を敷いた。

「それにしても、四斗樽とは随分とお使いになるのですね。油は少しずつ使った方が、傷まなくてよいのですが」

「結構使うのだ。うちの奉公人がな、焼き物は大変だからと、油で揚げる方が手間が省けるとな。俺が見てると、どっちも大変そうだが、まあ、そういうことだ」

「大勢、ご家中の方がおいでになるのですね。いえ、先ほどのお武家様も、毎日、大変な量を使うと。私としては、ありがたいことですが、行灯《あんどん》や灯籠《とうろう》のものも用立てて下さいます」

「商売繁盛で良いではないか」

「いいえ、店での商売は、座ってる〝半畳〟でございます。後は、出商いでして」

洒落を軽く言って、理兵衛がえびす顔で笑うと、和馬は和んだ気持ちになって、なんだか嬉しくなった。

商売人にも色々いる。どんな小さな儲《もう》けでも血眼《ちまなこ》になっている者もいれば、稼ぐこ

とよりも世間への恩返しだとばかりに、鷹揚《おうよう》に構えている者もいる。利益は後からついてくるという思いだろうが、世知辛《せちがら》い世の中、なかなか儲けを考えぬことはできない。

「それでは、ご家中の方は何人くらいでございましょうか。それに合わせて……」

理兵衛が言いかけると、和馬は首を横に振って、

「いや、ふたりだ。俺と奉公人だけだ」

「えっ。なのに、そんなに……」

不思議がって理兵衛が首を傾げたとき、ふいに入ってきた加代が、

「そりゃ、沢山、油を使いますよ。炭だって、米だって、塩だって……ねえ、若旦那。なんたって、人助けばかりしてるんだもの」

と声をかけた。

「──し、知ってるのかい、加代さん」

振り向いた和馬は一瞬、気付かなかったが、ゆうべの夕顔だ。化粧っけがないと、こんなに美しい肌艶《はだつや》で、健《すこ》やかな感じの女なのだと、和馬も胸がざわつくほど驚いた。

「知ってるもなにも、ねえ、若旦那。ゆうべは残念でしたが、坂下様から色々とお話は伺っておりますよ」

「どうせ変人扱いか、悪口であろう」

「ええ、そうです」

加代は屈託のない笑みを洩らして、和馬の側にしぜんに近づいた。

「自分の俸禄のことなんぞ考えもせず、可哀想な人々に恵んであげるばかりの、とても奇特な御仁だって。坂下さんは、バカかと言ってましたが、私は素晴らしいことだと思います」

「そ、そうなのですか……」

驚いたのは理兵衛の方だった。尊敬というより、変人を見る目つきだった。

「だから、油をそんなに……分かりました。そういうことなら、お安くしときます」

「そんな気遣いは無用だ。私は好きでやってるのだから。それより……たしか、『おかめ』の夕顔さんだったか」

「はい。そうです」

「坂下さんは、ああ見えて、意外と意志が弱い。だから、あまりあなたに入れあげないよう、適当にあしらってくれ」

和馬の言い草は上役に対する配慮というよりも、夕顔への牽制に聞こえた。その微妙な言い廻しを、理兵衛は察したのか、加代にも茶を差し出しながら、

「色々な事情がありますからね、人には……」

と庇《かば》うように言った。

その態度が、色恋沙汰には少し疎《うと》い和馬には、よく分からず、

「どんな事情なのだ。もし困っていることがあれば、俺が何とかしよう」

「いや、そういうことではなく……」

「もしかして、古味殿との一件に関わりがあるのか。なるほど、だから、おまえは昨夜、『おかめ』を見張るかのように、あのような刻限にいたのか」

ズケズケと話す和馬から、理兵衛が困ったように離れると、加代の方が訊いた。

「うちの店の近くに、いらしたのですか」

「え、まあ……出商いの途中で……」

「仕事ならなんですが、今度、ぜひ遊びに来て下さいな……あれ？　私、そのこと、ご主人にまだ話してませんでしたっけね」

相変わらず屈託のない態度なので、理兵衛の方が戸惑った。

先日、知り合ってから、理兵衛は何度か加代の長屋に油を届け、それが縁で、一緒に富岡八幡宮を参拝したり、茶店で甘い物を食べたりしていた。

立ち入った話をしたわけではないが、親兄弟にあまり縁がなくて、寂しい生き方を

してきたのだろうと、理兵衛は何となく感じていた。似た者同士かもしれないと思っており、これから仲を深めたいと心ときめかせていた理兵衛には、水茶屋の女だということが、少し衝撃だったのだ。

「別に隠してたわけではありません。今度、鰻《うなぎ》でも食べて、店にご一緒して下されば、私、とても嬉しいですわ」

水商売らしい言葉使いになったものの、加代は生来、明るい気性なのか、昨晩のような妖艶な雰囲気はなかった。それでも、理兵衛はまるで初恋の女に再会でもしたかのように、しどろもどろになっていた。

「いえ、私はそういう店は、どうも苦手《にがて》でして……」

「そうおっしゃらずに」

「あなたには、ここで会えるだけで、その……十分、嬉しゅうございます」

照れ臭そうに理兵衛が言うのを、和馬は笑いながら見ており、

「こういう男もいるのだ。俺も悪いが、水茶屋は苦手でな。綺麗な女の人は好きだが、どうもこそばゆいのだ」

「はい。おっしゃりたいことは分かります。では、また油が減ってきたら、宜しくお願いしますね、理兵衛さん」

名前で呼んで微笑みかけ、和馬にも深々と挨拶をし、加代は軽やかに立ち去った。

「――いい娘さんではないか。とはいっても、俺とさほど変わらないかな……とにかく、主《あるじ》のことを快く思ってるみたいだから、ドンと押してみたらどうだ」

他人事《ひとごと》だと思って、和馬が煽《あお》ったとき、今度は古味が入ってきた。今日は、岡っ引の熊公を引き連れている。

「ご執心のようだな」

古味が嫌味な口振りで、今し方、離れていったばかりの加代を見送りながら、

「気をつけた方がいいぞ。骨抜きにされた上に、仲間にされ御用になるのが関の山だ」

「どういう意味ですか」

理兵衛が訊き返すと、古味は店の奥に座り込み、客たちに聞こえないように声をひそめた。当然、洩れてしまうが、それでも構わぬとでもいう態度で、

「にこにこしてるがな、まさに女狐《めぎつね》だ」

「そこまで言わなくても……」

「現に何人もの男が食い物にされてる。せっかく店をここまでにしたのに、ケツの毛まで抜かれてしまうぞ」

　親切ごかしに、古味こそ何か企《たくら》んでいるのではないかと、和馬は思いながら見ていた。だが、理兵衛は古味には多少、世話になっているのか、真摯《しんし》に耳を傾けた。

「水茶屋『おかめ』の女将もしたたかだが、夕顔……加代もなかなかだ。あの女が女狐になったのは無理もないがな」

「というのは……」

「育ちが育ちだからな……世の中を恨んでるんだろうよ」

「それほど貧しかったのか」

　和馬が横合いから訊くと、古味は蔑《さげす》むような目になったが、

「その逆だよ。かなりの大店《おおだな》のひとり娘だった……もう二十年ほど前のことだが、日本橋呉服町にあった、文字どおり呉服問屋『伊勢屋《いせや》』に、盗賊が入ったんだ」

　と言った途端、理兵衛の顔が強張《こわば》った。

　すぐに古味も和馬も気付いたが、理兵衛は平静を装っていた。

「そんなに驚くことはない。昔の話だ。盗っ人は確か……〝ムササビ〟なんとかでな、千両も奪いやがった」

「千両……」

「江戸には『伊勢屋』と犬の糞はどこにでもあるってな。だから、狙われたのかどう

かは知らないが、ま、あまり評判のよい店ではなかったらしい」

「そんなに悪い店だったので？」

「いや、昔のことだから、本当のところは分からん。大きな事件があると、狙われた方にも何か落ち度があったと思われるのが、世の常ってやつだ」

古味は何が楽しいのか、しゃくり上げるような声になって、

「だが、やはり、あくどいことをしていたのだ……」

「何をしたというのだ」

和馬の方が訊くと、忌々《いまいま》しい顔になって、

「公儀御用達商人になりたくて、老中や若年寄らに対して賄賂《まいない》をな」

「貰った方が悪いのではないか。武士の風上にも置けぬ」

「それはお互い様だろう……とにかく押し込みにあった『伊勢屋』の主人は、身代を失って一家心中をした……が、運良く生き残ったひとり娘が、今の加代って女だ」

二十年前の事件を、まるで自分が扱ったかのように話す古味を、理兵衛は衝撃を受けた目で見ていた。てっきり同情しているのかと思ったが、俄に身震いしながら、

「やめて下さい、そんな話……他のお客様にも、め、迷惑です……」

と言うと、耳を塞ぐように奥へ入ってしまった。

「悪かったな。おまえが鴨《かも》にされねえように、言いたかっただけだ」

古味は首を傾げて熊公を振り返ると、

「相当、のぼせてやがる。何かあってからでは遅えから、見張っててやんな」

と命じた。

「──何か曰《いわ》くありそうだが……俺にも聞かせて貰えないかな。古味さんの手柄が増える手助けをしたいんだ」

「ふん。バカにするな」

そう言いながらも、古味はちょっと顔を貸せとばかりに表に誘うのだった。

四

油が大量に届けられたお陰で、吉右衛門は少し傷みかかっていた魚介や菜の物に、衣をたっぷりつけて揚げた。

近所の子供たちは当たり前のように、高山の屋敷で遊びながら、握り飯にありつけるのを待っている。〝おむすび〟は人と人を結ぶものだというのが、吉右衛門の口癖で、子供たちも真似ていた。もちろん夕餉は、仕事から帰ってきた父親や母親と一緒に取るのだが、手習所を終えた子供らが立ち寄り、一緒に遊んで腹を満たすのだ。

楽しそうに過ごす子供らの姿を見るだけで、吉右衛門は楽しかった。

「こんな子供らを見ていると、どうして悪い大人になるのかと、いつも思いますが……出会った人が悪かったということでしょうかねえ……その出会った人も子供の頃は、純粋無垢《むく》だったと思うのですがねえ」

吉右衛門がしみじみと語るのを、傍らで塩を振った天麩羅《てんぷら》を頬張りながら、和馬も頷《うなず》きながら聞いていた。

「そうだな……で、今、話したことだが、様子を見てきてくれないか」

「私がですか。嫌ですよ。そういう所は、和馬様以上に苦手です」

「綺麗な若い女が何人もいるぞ。おまえがどう頑張ったところで、決して触れあうことができぬ美形ばかりだ」

「こう見えても、私だって、若い頃にはそれなりにもてたんです」

「今だって棄《す》てたものじゃない。だから、頼んでるんだ。俺が行ったらほら……本気にされたら困るから」

「随分と自信がおありなんですね」

「そうではない。相手を油断させて、裏の裏を探るには、吉右衛門の物事の真相を見極める才覚と年の功が必要なのだ」

「いえ、此度《こたび》のことは、和馬様は関わることはないです。盗っ人宿か何か知りませんが、定町廻り方や火盗改がやるべき仕事ですから、どうぞ心を穏やかに……」

和馬は水茶屋『おかめ』を探索させようとしているのだが、吉右衛門はキッパリと断った。そもそも、小普請方とは関わりのないことであり、貧しい者や病める者を救うという和馬の理念とも違う話だからだ。

「それが、そうとも言えぬのだ……」

「どういうことでしょう」

「古味さんの話ではな……『伊勢屋』のひとり娘の加代という女は、随分と憐れな暮らしを強《し》いられたそうなのだ」

二十年前の盗みに入られた話から始めて、古味が調べ出したという加代の来《こ》し方を、和馬は丹念に伝えた。

一家心中で生き残った加代は江戸から離れ、甲州《こうしゅう》の縁者に預けられたが、大店の娘に生まれたにも拘《かか》わらず、悲惨な暮らしぶりだったという。その遠縁の商家は子沢山《こだくさん》で、ひとり増えただけでも大変だったらしく、加代はそれまで持ったこともないような水桶を担いだり、野良仕事までさせられた。

それでも二親《ふたおや》が死んでしまっては、まだ八歳くらいだった加代には、どうしようもなかった。

しかし、長じるにつれ、人並み外れた美貌であることに、周りの者は気付いた。町の金持ちや名主の家に奉公させられ、いずれ玉《たま》の輿《こし》に乗れると、親戚の者は思っていた。

だが、奉公先でも酷い仕打ちを受け、跡取りの嫁どころか下っ端の女中のままで、体を弄《もてあそ》ばれた上に女衒《ぜげん》に売り飛ばされた。

「そんな……女郎にされたのですか……」

「さあ。そこまでは知らないが、古味さんの調べでは、かなり男を食い物にしてきたとのことだ。禍福《かふく》はあざなえる縄の如しというが、人生とは分からぬものだな」

「その『伊勢屋』の事は覚えてませんが、可哀想ですな」

吉右衛門は憐れむ目で聞き入っており、和馬はその娘を救い出したいのだなと感じた。だが、和馬は違うと首を振り、

「両国橋東詰にある水茶屋『おかめ』は、泥棒宿かもしれないらしい。だから、店の様子を探ってくれ」

と半ば命ずるように言った。

泥棒宿とは、盗っ人が追っ手から逃げ切るために、一旦《いったん》、身を隠す所である。旅籠《はたご》や船宿、料亭や水茶屋などは人の出入りが多いから、却《かえ》って身を隠しやすいのだ。

「木を隠すなら森の中って寸法だ。古味さんは、何度か追い詰めた盗っ人が、『おかめ』で消えていると」

「消えた……」

「一度は店の中に踏み込んだそうだが、客をぜんぶ洗ったものの、みんな素性がハッキリしていた。恐らく隠れ部屋があるのだろうが、古味さんは悔しがってたよ」

「――その加代って人が、盗みに関わってるというのですか」

吉右衛門は気が重くなってきた。

「女将のお仙が牛耳《ぎゅうじ》ってるようだが、盗っ人の頭領は、加代と深い仲だと、奉行所では睨んでいるらしいんだ」

「やりきれませんねえ……盗っ人に押し込まれて、一家心中をした生き残りが、盗みの手助けですか……」

「それほど、世の中が嫌になったってことだろうよ。世間の風は冷たいからな」

「いや、それにしても……ふつうなら、自分だけは、盗みはするまいと思うはずですがね。亡くなった親御さんらの供養のためにも」

「いつも甘いな、吉右衛門は……被害を受けた者が世を恨んで仕返しするのは、よくある話ではないか」

「そうですかねえ」

「ああ。親が亡くなって可哀想にとか、大変な目に遭って辛いだろうと同情するのは、ほんの少しの間だ。みんな自分が生きることに精一杯だから、他人のことなど、どうでもよくなってくるんだよ」

しだいに熱がこもってきた和馬に、吉右衛門は苦笑を浮かべて、

「相分かりました。ご主人様が気がかりなのでしたら、命じられるままに、私も喜んで手助け致しましょう」

「そうか。分かってくれるか」

吉右衛門は仕方なく頷くしかなかった。

早速、日が暮れると、両国橋東詰の『おかめ』にやってきた。

茶人が被《かぶ》る宗匠頭巾《そうしょうずきん》に、袖無しの羽織に野袴《のばかま》のようないでたちで、吉右衛門が暖簾を潜《くぐ》ると、若い衆がふたり出てきた。岡場所の牛太郎《ぎゅうたろう》のような者であろうか、いかにも用心棒という風貌である。

「爺さんが来るような店じゃないぜ」

客あしらいがまったくなっていない。店の程度が分かろうというものだ。和馬の直感もあながち間違っていないなと、吉右衛門は感じた。

「こんな爺イですが、たまには綺麗な花園を覗いてみたいと思いましてね。金ならあります。はい、このとおり」

吉右衛門は懐から財布を取り出して、

「まずはご挨拶代わりに」

と二朱銀をふたりに握らせた。大工の一日の給料分である。ふたりは俄に相好《そうごう》を崩して、丁重に中に招き入れた。

「こりゃどうも、ありがとうございます。おい、お客様だよ」

声も軽やかになって、若い衆は奥に声をかけた。

この店では、まずは広間に通されて、他の客と同席させられる。入れ替わりに何人かの娘が来て酌《しゃく》をしているうちに、気に入った女とさらに奥の座敷でふたりだけで飲むのである。

一定の刻限が過ぎると、追加の金がかかり、酒代も重なる。娘たちは、客に沢山の酒を飲ませることで、揚がりを稼いでいるのだ。

吉右衛門は下戸《げこ》というほどではないが、さほど強くはない。酒は程々にして、ふたりきりになった夕顔と、話を楽しんでいた。初めて接する娘だが、見た目も態度もサバサバとしていて、とても盗みに関わっているような人間には思えなかった。

「いやあ、あんたのような綺麗な娘に会えて嬉しい。よい冥途《めいど》の土産《みやげ》になった」

にこにこ喜ぶ吉右衛門に、夕顔こと加代は水商売の女というより、近所の知り合いの娘のように接していた。不思議と吉右衛門の方も、しぜんに親近感を抱いた。

――こういうところが、手練手管《てれんてくだ》というのでしょうな。

と吉右衛門は思った。

が、作為すら感じさせないところが、加代の生得《しょうとく》的な人柄なのか、それとも計算なのかが、人生の達人である吉右衛門ですら、よく分からなかった。

「昔話で申し訳ないがな……私の惚れた女に似ておる」

「あら、そうなんですか」

「遠い遠い、私が二十歳頃の話ですがな、その瞳といい口元といい、生き写しだ」

もちろん嘘話だが、しみじみと見る吉右衛門を、加代も応えるように酌をしながら、少し意地悪そうに微笑んだ。

「私もよく覚えてますよ」

「え……」

「吉右衛門さんは二十歳、私は十六……親の反対を押して、駆け落ちしましたねえ」

加代は真顔になって、吉右衛門を見つめている。

「でも、あの後、いなくなってごめんなさい。実は私……千年生きる女狐なんです……吉右衛門さんと一緒にいたら、あなただけが年を取ってしまって、私はずっと若い娘のまんま……だから、逃げたんです」

「…………」

「でも、こうして、また会えて良かった。昔のまま綺麗でしょ。だから、今宵は何十年ぶりかに飲みましょう」

屈託のない笑顔に戻って、自分は永遠に年を取らない女だと言いながら、吉右衛門に寄り添い、昔話を聞きたいと甘えた声を洩らした。なかなか面白い女だと思ったが、一筋縄ではいきそうになかった。

「――実はね……私、こう見えて、そこそこの商人《あきんど》だったんです。ええ、上方《かみがた》の方ですがね……」

「はい。立派な方に見えますよ」

「でもね、ある時、盗っ人に入られまして、女房子供を殺された上に、三十余年かけて溜めた千両もの金を奪い取られてしまった……思い余って首を吊ろうとしたんですが、そういう時に限って、紐《ひも》が切れたりしましてね……」

物静かにどんよりと話す吉右衛門を、女狐は黙ったまま聞いていた。

「逃げるように江戸に来て、恥を忍んで生きて参りました。でも、どうして自分がこんな目に遭わなきゃいけないのか。前世で何か悪いことでもしたのか……自棄《やけ》のやんぱちで、酒に溺れたり、女を騙したりしたこともあります」

「…………」

「だって、そうじゃないですか。盗まれたのは私の方。大事な妻子の命と生涯の稼ぎを一瞬にして奪われたんです。悪いのは盗みに入った賊どもだが、誰も助けてくれない。そんな世間も恨みたくなるってものじゃないですか」

吉右衛門は興奮気味になって、悔し涙まで浮かべながら、必死に続けた。

「だから私、決めたんです……同じような目に遭わせてやろうってね」

「同じような目を……一体、誰にですか」

「決まってるじゃないですか。冷たい世間にですよ。情けもない人たちにですよ」

わずかに吉右衛門の目が、底意地悪そうに鈍く光ったのを、加代はじっと見ている。

「あなたはまだ若いから分からないだろうが、本当に人ってのは怖いですよ……こっちが金のある商人のときは、へえこら寄ってくる人間が、無一文になった途端、相手にしてくれなくなります。まるで疫病神《やくびようがみ》扱いですよ」

「自分が悪いわけでもないのに……」

「ええ、そうです。自分が商売に失敗して、どん底に落ちたとか、賭け事に負けて失ったのなら仕方がない……でも、本当に私は、なにひとつ悪いことをしていない。それどころか、誰よりも真面目に働いてたんだ」

感極まった吉右衛門は、涙を我慢するかのように天井を仰いで、

「だから、仕返しするんです。この世の中にね」

と決然と言った。

「――仕返しって、そんな……」

言葉では不安げに言うものの、このような話を聞きながら、加代の目は怯《おび》えていない。むしろ、興味深そうですらある。

「何をしようってんですか」

「盗みです……といっても、押し込みやこそ泥の類ではありませんよ」

「…………」

「天下を盗むんです」

声を殺して笑う吉右衛門を、まじまじと見ていた加代も気味悪そうに眉を顰《ひそ》めた。

「もっとも天下を盗むといっても、将軍になりたいわけじゃない。どうせ金を盗むなら、江戸城の蔵をごっそり狙ってやろうと思ってね……そのために、私はここに来たんですよ」

「えっ。そのために……」

「今更、隠しても仕方がないでしょう。盗っ人宿だというのは百も承知です。少しばかり手を借りたい」

囁くように言ってから、吉右衛門は穏やかな顔に戻り、

「――今日は挨拶代わりに来ただけです。また、お邪魔しますよ」

と言ってから杯《さかずき》を空けると、ゆっくりと立ち上がった。

加代は不安が込み上げてきたのか、にこやかな笑みが消え、女狐らしい鋭い目つきに変わっていた。

五

竪川の一ノ橋《いちのはし》から御舟蔵《おふなぐら》を右手に見ながら、掘割沿いの道を歩いてくると、ぽっかりと正面に月が浮かんでいるのが見えた。

その月光を浴びて人影が伸びている。

辺りは小身旗本や与力の屋敷があるが、夜ともなれば、まったく人気《ひとけ》がない。吉右衛門が足を止めて、

「私に用ですかな。『おかめ』を出てから、ずっと尾《つ》けてきているようですが」

と言うと、行く手の御籾蔵《おもみぐら》の路地から、二、三人の遊び人風が出てきた。後ろからも、三人ばかり尾けてきた者たちがいる。

「てめえ……何を探りに来たんだ」

前に立った兄貴格らしい男が声をかけてきた。

月光を背にして顔ははっきり見えないが、細身で背が高く、猫のように鋭い眼光だけがギラついていた。

兄貴格が「おい、金次《きんじ》」と手下に声をかけると、遊び人のひとりが威勢良く前に出るや、左腕を捲《まく》って髑髏《どくろ》の刺青《いれずみ》を見せた。

吉右衛門はちらりと見たが平然と、

「髑髏……立派な彫り物だ」

と誉めた。

「何を探ってるんだと訊いてんだ、このやろう」

兄貴格は怒鳴ったが、吉右衛門は怯むどころか、ほくそ笑んで、

「座敷で話したとおりです。どうせ隣で、聞いてたんでしょ」

と言った。途端、遊び人たちが一斉に匕首《あいくち》を抜く気配がしたが、やはり吉右衛門は驚きもせず、待ってましたとばかりに腕を捲ると、そこには般若《はんにゃ》の刺青があった。

「そっちが髑髏なら、こっちは……」

目を丸くした兄貴格だが、気丈に立っていた。

「般若の権三郎《ごんざぶろう》といえば、名前くらいは訊いたことがあると思うが、俺に手を貸すか、でなけりゃ、あの宿をぶっ潰すかどっちかだ。さあ、どうする」

月光を浴びて、不気味なほど白い般若の刺青が浮かび上がった。

遊び人たちは、足を踏ん張るように立ち尽くしたが、兄貴の「かまわねえ、やっちまえ」の声で、襲いかかった。吉右衛門は素早く足掛けや小手投げで、遊び人たちを軽く投げ倒し、まるで猫のような身の捌《さば》きで、ひらりと跳び上がった。

――あっ。

と目を凝らした兄貴格は、その姿を見失った。かと思うと、すぐ背後から首に腕を絡まれ、同時に奪われた匕首が喉仏《のどぼとけ》にあてがわれていた。ほんの一瞬のことである。

「や、やめろ……」

兄貴格は身動きできず、掠《かす》れた声を洩らした。

「手伝いますか、手伝わないのですか」

「な、何をだ……」

「江戸で一番金のある所といえば、どこでしょうかね」

「………」

「江戸城の御金蔵破りですよ」

「……そんなことは、と、到底、む、無理だろう」

「そうですか。だったら、ここで果てて貰いますかな。私の話を聞いたのですから
ね」

「待て……分かった。どうすりゃいい」

必死に命乞いをするように、兄貴格は訊き返した。吉右衛門はすぐに、

「明日、暮れの五つ。半蔵門《はんぞうもん》前に来なさい。そこから、西《にし》ノ《の》丸吹上《まるふきあげ》庭園に忍び込み、西桔橋《にしはねばし》見附《みつけ》門《もん》桔橋から蓮池濠《はすいけぼり》沿いにある御金蔵に入り、二千両箱を盗みます」

「に、二千両箱……」

「おまえたち盗っ人のくせに、それも知らないのですか。江戸城の御用蔵は、天守近くにある奥御用蔵もそうですが、重くして盗まれにくくするために二千両箱にしてい

るのです」

「…………」

「よいですね。約束は一度きり。もし裏切ったら、『おかめ』は店ごと燃やし、おまえたちもみんな殺します」

それだけ言うと吉右衛門は、兄貴格を突き放し、背中を向けて堂々と立ち去った。

御籾蔵の先には、徳川家紀州《きしゅう》屋敷がある。その手前の路地に入ったとき、遊び人たちは思わず駆け寄ったが、すでに吉右衛門の姿は忽然《こつぜん》と消えていた。ただ何処かから、

「約束は守りなさいよ」

という声だけが聞こえてきた。


翌日、理兵衛は中島町の長屋まで、加代を訪ねてきた。昨夜は遅くまで勤めに出ていたのか、加代は疲れた顔をしている。

「——なんでしょうか……油なら、まだありますが」

明らかに迷惑がっている様子だった。

理兵衛は部屋の中に間夫《まぶ》でもいるのかと気になり、何気なく覗き込もうとした。加

代は不機嫌な声で押しやるようにして、自分から表に出てきた。

「なんですか、一体……」

いつもと違う強い声だったので、井戸端にいた長屋のおかみ、二、三人が訝しげに振り返った。理兵衛は誤魔化すように、油屋の『えびす屋』と名乗ってから、

「ここではなんですから、中で……あ、それが駄目なら、私の店に来て貰っても」

と小声で言った。

「だから、用件は何でしょうかと訊いているんです」

「それは……」

言い出しかねて、もじもじしている理兵衛のことが、加代は苛《いら》ついたようで、あからさまな溜息をついて、部屋に戻ろうとした。その腕を思わず摑んで、理兵衛は袱紗《ふくさ》に包んでいるものを無理矢理、握らせた。

「謝《あやま》りたいんです」

「何をです……ああ、私の店を時々、覗き見していたことですか。ええ、古味の旦那からも聞いてますし、別に気にしてません」

「そうではなく……」

「言い寄ってくる男にも慣れてますけどね、住まいにまで押しかけてくるのは、どう

かと思いますよ。会いたければ、お金を持ってきて下さいな」

ぞんざいな言い草で、加代は袱紗を戻しながら、

「なんだか知らないけれど、受け取れません。お持ち帰り下さい」

「いや、それは、せめてもの……」

「いいですよ。やめて下さい」

押し問答をしている弾みで、加代は袱紗を落としてしまった。

チャリン——と小気味が良いくらい弾ける音がして、袱紗から散らばったのは、封印が切れた小判だった。それがふたつだから、五十両あることにある。

おかみさんたちが振り返って驚いたが、目の前も加代も立ち尽くしていた。

慌てて拾い上げて袱紗に包み直して、理兵衛は再びそれを加代に押しつけ、必死に訴えるように言った。

「お詫びなんです……私の……いや、私の父親のせいなんです」

「な……何がですか……」

「その……あなたが、このような身の上になってしまったのがです……申し訳ありません……せめてもの罪滅ぼしに……こんなもんじゃ足りませんが……今の私にできるのは、せいぜい、これくらいで……」

一両で一家四人が一月《ひとつき》暮らせるから、長屋住まいの人から見れば、一生拝める金ではなかった。おかみさんたちは、目を丸くしていたが、仰天するというよりも怖がっていた。油問屋とはいっても、量り売りに毛が生えた程度の店の者が、これほどの金を持っているとは思えない。何か悪いことでもしたのではないかと勘繰る顔つきだった。

「――と、とにかく中へ……」

加代も様子が変だと思ったのか、近所の目を気にするように、理兵衛を招き入れた。部屋の中には、間夫はいなかった。狭いが綺麗に片付けられており、女のひとり暮らしとはいえ、衣桁と小さな茶簞笥《ちゃだんす》くらいしかない殺風景な部屋だった。

「これは、一体……」

明らかに加代も不審がっていた。

理兵衛の方こそ、『おかめ』が盗っ人宿の噂があると聞いていたので、加代に自分も同類だと誤解されたと感じた。

「違いますよ……これは私が汗水流して、長年かけて貯めたものです……これがほとんど全てです……あなたに差し上げます」

「――どういうことなのか、さっぱり意味が分かりません」

理解できずに気味悪がるのも無理はない。理兵衛は深呼吸をすると、両手をついて、もう一度、ごめんさないと謝った。

「驚かないで聞いて下さい……あなたの両親を死に追いやった……盗っ人一味に……私の親父がいたんです」

「え……ええっ」

加代はさらに驚いて仰《の》け反《ぞ》り、理兵衛を凝視した。

「古味の旦那から、あなたが『伊勢屋』のひとり娘だと聞いて、そんなバカな……なんてことだと思いました……だって、初めて一目惚れした女の人が、私の親父が不幸のどん底に突き落とした人なんですから」

言葉を発することもできずに、加代は小刻みに震えながら、理兵衛の話を聞いていた。

「親父は町方に捕まりました。私が寝ている所に押し込んできて……その夜のことは、今でも夢に見ます……親父はたしかに、今、あなたに渡したくらいの金を持ってました。私が二十年かけてようやく貯めたほどのものを、たった一度の賭で勝った、そう話してました」

「…………」

「でも、役人は信じてくれません。『伊勢屋』に押し入った仲間のひとりだと、番頭さんか誰かに証言され、お縄になりました」

「番頭……久兵衛《きゅうべえ》さんのことかしら……」

加代も幼かったから、あまりよくは覚えていないが、久兵衛が両親の首吊り死体の下で号泣している姿は、やはり夢に出てくるくらい衝撃であった。

「番頭さんの名前までは知りません……お白洲で申し開きはしましたが、認めて貰えず、あっさり死罪です」

「死罪……」

「その間に、盗っ人たちは何処かに消えた……だから、千両もの金のうち、五十両ばかりを手にした親父だけが処刑されたってことだけれど……私には、ただ酒飲みで気弱な親父が、盗っ人一味だとは信じられなかった」

理兵衛は思い余って涙が出そうになったが、隠すように袖で拭うと、

「子供の私には確かめようもなかったけれど……おふくろと私は長屋を出ていかざるを得ず、上総《かずさ》の親戚を頼って江戸から逃げましたが、不思議なことに悪い噂は追いかけてくる……行く先々で白い目で見られるようになりました。まさに、人の口に戸は立てられぬ」

「――お母さんは……」

「妙にさっぱりしたもので、悪い親父がいなくなって良かったなんて、強がりを言ってましたが、働き過ぎたのか労咳《ろうがい》を患《わずら》って死にました。私が十四のときです」

「そうなの……」

「でも、助けてくれる人もいるんです。小さな商いだけれど、こつこつやっていれば、いつかは幸せを摑めると教えてくれた……私は絶対に親父のようにはならないと誓ってました。頑張れたのは、そんな思いがあったからです」

「…………」

「そのうち人は、事件のことなんか忘れてしまうし、私もあれは夢だったんだと、思うことにしたんです。そしたら、少しずつ商いの方も上手《うま》く転がって……」

聞き入っていた加代は俯いて、貰い涙なのか、うっすらと瞳が潤んだ。だが、それは同情ではなく、自分の不甲斐なさを悔やみ、呆れ果てた涙だった。加代は、袱紗に入った金を理兵衛に返して、

「こんなものは貰えません……理兵衛さん、あなたが盗みをしたわけじゃない……それりゃ、あなたのお父さんが盗賊一味なら憎い……でも、身に起こった不幸を、あなたは自分で乗り越えてきた。なのに私は……」

「いや、それは違う。加代さんは被害者だ。私は加害者なんだ」

「………」

「その違いは天と地ほどある……本当に申し訳ありませんでした……」

「いいえ、受け取れません。そんな私……」

もう一度、押し返したとき、戸が開いて、煙管《きせる》を銜《くわ》えた男が入ってきた。昨夜、吉右衛門を襲った遊び人たちの兄貴格である。

「遠慮なく貰っておけよ、加代」

凄味のある顔で、男は煙を吐いた。いかにも加代の自由を縛っているという態度だ。

「そういう事情なら、おまえはその金くらい受け取っていいだろう。相手も素直に謝ってるんだからよ。突っ返す手はねえ」

「――左平次《さへいじ》さん……」

兄貴格のことを、加代はそう呼んだが、どういう関わりかは、理兵衛には分からない。だが、『おかめ』の用心棒くらいのことは察しがついた。あまり評判のよくない店だからである。

「油屋の理兵衛さんだったたっけねえ。おまえさんが言うとおり、天と地ほど違うわな……盗賊の子と金を盗まれた挙げ句、親に死なれた子じゃな……加代は人に知られたら同情を買うだろうが、おまえさんは身許《みもと》がばれたら、『えびす屋』は潰れちまうだろうなあ」

まるで口止め料だとでも言いたげに、左平次は加代から袱紗を引っ張り取ろうとした。とっさに、理兵衛は左平次を突き飛ばすように、加代を守った。

「なんだ、あんた」

「おお怖え、怖え……さすがは盗っ人一味で死罪になった悪党の倅《せがれ》だ。大人しい面《つら》してるが、本当は相当の性悪《しょうわる》だろ」

「なんだと……」

「そうやって同情でもって、加代の気を引いて懇《ねんご》ろになろうって魂胆だろうが……いい女だもんな。俺だって、こいつが商売道具じゃなきゃ、むしゃぶりつきてえくれえだ」

「やめろ。そんな言い方は」

「おいおい。水茶屋の女だぜ……客の顔は金にしか見えてねんだからよ。その手の女に惚れるなんて、バカなことはやめとけ。おい、加代。その金を寄越せ」

無理に袱紗を取り上げようとする左平次に、理兵衛は思わず殴りかかった。

軽く受け止めた左平次は、ニヤリと笑うと拳骨《げんこつ》を鳩尾《みぞおち》に打ち込んだ。理兵衛はその場にガックリと頽《くずお》れて、息ができないくらいのたうち廻った。

「やめて、左平次さん。女将さんに言うよ」

庇うように加代は理兵衛を背に立った。その加代から、袱紗を奪い取ると、

「おまえこそ、勝手にこんな金を手にすると、女将から酷い目に遭うぜ」

と吐き捨てるように言って、煙管の煙を吹きかけて立ち去った。

土間に転がり落ちながらも、左平次を追おうとする理兵衛を、加代は必死に止めた。

無言だが、何か覚悟を決めたように、立ち去る左平次の背中を睨んでいた。

六

その夜の四つ、人気《ひとけ》のない半蔵門の前に、数人の黒装束が現れた。

いずれも頬被《ほおかむ》りをしており、足音も立てず、闇に紛れて見えないほどだった。

月は雲に隠れ、少々、風が吹き、盗みに入るには打ってつけの夜だった。

「約束どおり来たな。誉めてつかわそう」

大きな櫓門《やぐらもん》である。その下の太い柱の影から声が洩れ聞こえてきた。同時に姿を現したのは、やはり黒装束で頬被りをしている吉右衛門であった。

「あんた、本当に般若の権三郎なのか。あの血も涙もねえという……」

左平次が訊くと、吉右衛門は冷静な目つきのままで、

「無駄話をしている暇はない。すでに手下が忍び込んでる。大金にありつきたかったら、ついてくるがよい」

と言った途端、番小屋脇の潜《くぐ》り戸が、内側から音もなく開いた。

吉右衛門は素早く中に飛び込んだ。

それを見た左平次たちも考えるまでもなく、付いて入った。

二十間《けん》余りの幅の橋があり、その先にはさらに大きな門が待ち受けている。さらに奥には、闇に微かに浮かぶ高い白塀があり、天守と見紛うような大きな屋根櫓が点在していた。

尻込みする左平次たちは、吉右衛門の手招きに呼応して、一斉に次の門を目指して突っ走った。

すると、背後の潜り戸がガタンと音を立てて閉められた。

振り返った左平次たちが見たのは、古味を筆頭とする町方同心と捕方たちであった。いずれも刺股《さすまた》や袖《そでがらみ》搦などを手にしている。

「な、なんだ……!?」

左平次は驚いたものの、すぐに罠に嵌《は》められたのだと察した。

「爺イ！　やはり、てめえが般若の権三郎ってのは、真っ赤な嘘だな」

「おまえたちは盗っ人でも三下《さんした》のようですな。般若の権三郎はとうにお縄になって、子分たちも雲散霧消《うんさんむしょう》してますよ」

「野郎、はめやがったなッ」

「なんだか、ちょろくて肩透かしです。どうぞ、やらかした罪を償って下さい」

吉右衛門が微笑むと、左平次は匕首を振りかざして斬りかかってきた。が、やはりあっさりと足がけで倒され、捕方たちが一斉に取り押さえた。他の手下たちも、ひとりは橋から濠に飛び降りたが、一網打尽《いちもうだじん》となった。

古味は左平次に十手を突きつけて、

「欲惚《よくぼ》けが過ぎたようだな。もはや、言い訳はできまい。『おかめ』のこともな」

と睨んでから、吉右衛門を振り返った。

「さすがは、ご隠居だ。例の一件のことも、篤《とく》と調べておいてやるよ」

いつになく感謝しているような態度で、盗っ人一味を引っ立てるのであった。

一方――。

水茶屋『おかめ』の表にも、岡っ引の熊公が下っ引を数人、引き連れて見張っていた。そこへ、町方中間が駆けつけてきて、何やら耳打ちをした。

「そうかい。後は、俺に任せな」

待ってましたとばかりに、熊公は堂々と『おかめ』の暖簾を潜ると、下足番の男をいきなり殴り倒し、店の中に踏み込んだ。

「女将のお仙。御用の筋だ。顔を出しな」

野太い声で脅すように言うと、階段の下にある帳場にいたお仙が、腰を上げて出てきた。熊公は十手を突きつけて、

「お仙……左平次は、古味の旦那に今し方、とっ捕まったぜ」

「――えっ……」

「おまえも、大人しくお縄になった方がいい。でねえと、盗っ人一味として死罪になるかもしれねえ。〝どろぼう宿〟として使わせていただけなら、まだ情状の余地があると思うぜ」

一瞬にして青ざめるお仙に、熊公はさらに十手を近づけ、胸の辺りに差し込んで、

「それとも、俺と一晩、付き合うか、ええ？」

と下卑《げび》た笑いを浮かべた。

わざと挑発しているのだが、お仙は険しい目つきに変わって十手を払いのけた。

「いいですよ、親分さん。その代わり、無罪にしてくれますか。私はね、左平次が怖くて、言いなりになってただけなんですから」

「言いなりになってたのは認めるんだな」

「………」

「だったら、そのことをお白洲で、じっくりと話すことだな」

「なんだい。見逃してくれるんじゃないのかい」

お仙は熊公に殴りかかったが、びくともしなかった。逆に、熊公は腕を摑んで、

「十手に逆らった咎《とが》も加わったぜ」

とニンマリ笑った。

「手分けして店の女たちを、みんなしょっ引け。客の中でも文句を言う奴は構わねえから、お縄にしろい」

熊公は下っ引たちに、大声で命じた。

その頃、加代の長屋に、理兵衛が駆け込んできた。加代は体の具合が悪いといって、店を休んでいたのである。

「加代さん……一緒に来てくれ」

いきなり理兵衛は上がり込んで、加代の手を取った。

「着の身着のままでいい。さあ、早く」

「どうしてですか」

「いいから。ここにいたら、あんたまでお縄になってしまう。古味さんから聞いたんだ。左平次がとっ捕まったって。女将さんもきっと今頃は……」

事情を察した加代だが、動こうとはしなかった。それでも、理兵衛は必死に引っ張り、無理矢理、履き物を履かせて表に飛び出した。何処かで火事でもあったのか、闇夜の空が赤く染まっている。そう遠くはなさそうだ。半鐘の音も聞こえてきた。

「騒ぎに紛れて逃げよう、私と一緒に」

「えっ……」

「いくら知らないと言っても、一度、お白洲に引きずり出されたら、おしまいだ。咎人扱いされた人間の言うことなんざ、絶対に聞いちゃくれない」

理兵衛は自分の父親のことを、チラリと脳裏に浮かべた。

「とにかく、江戸を離れよう」

それまでとは違う、有無を言わさないという態度になって、理兵衛は加代の手を引き、大横川《おおよこがわ》から一筋入った道に向かった。深川の材木置き場や十万坪を通り過ぎ、江戸川を顔馴染みの川舟漁師に頼んで渡り、浦安《うらやす》の方へ足を進めた。

何処か宛てがあるわけではない。ただ、江戸から離れたかった。そして、できることなら、このまま育った上総に一旦、身を寄せて、遠く常陸《ひたち》まで行ってもよいと考えていた。

「──ここまで来りゃ、ひとまず安心だ。旅籠に泊まれば、宿場役人が探しに来るかもしれないから、今日はここで我慢してくれ」

理兵衛は漁師小屋に連れ込んで、申し訳なさそうに言った。寒そうにする加代をひしと抱き寄せて、

「すまないな……でも、お上に捕まったら、つまらないことで咎人にされてしまう……親父だけのことじゃない。私は小さい頃から、そういう輩《やから》も目にしてきたんだ……すまないねえ」

とまた謝った。

「お父さんは本当に盗っ人一味だったの？」

加代が尋ねると、理兵衛は優しく体をさすりながら、

「お上の調べではね……でも、今でも信じられない。たしかに金は持っていたけど」

「だったら、どうして私を助けるの。あなたのお父さんのせいじゃないのなら、こん

な危ない橋を渡らなくても……」

「助けたいだけなんだ、加代さんを」

「嬉しいけれど……私は人に言えないような悪いこともしてきた……あなたとは正反対。世間を恨んでばかりだった」

「…………」

「もし、あんな事がなかったら、私は今頃、誰かいい人を婿《むこ》に迎えて、平凡だけれど、なに不自由ない暮らしをしてたって……でも、ただの泣き言ね。あなたのように、ちゃんと生きてこられたはずなのに」

「まだまだ、やり直せるよ。私は、その力になりたい」

理兵衛は本心からそう思っていた。

もし、『伊勢屋』に〝ムササビ風太郎〟という盗っ人が入らず、自分の親がお上に捕まってなければ、ふたりの出会いはなかった。そこまで、理兵衛は思い込んでいたのである。

「――私も本音を言うと、こんな暮らしは疲れ切ってたの……」

「大丈夫だ。これからは、ずっと一緒だから」

歩き疲れたのか、ふたりは筵《むしろ》を被って抱き合ったまま眠ってしまった。

どれくらい時が経ったのか、理兵衛が目を覚ましたとき、うっすらと朝の光が射していた。横にいたはずの加代の姿がない。

漁師小屋から飛び出した理兵衛は、辺りを探したが、加代は何処にも見当たらなかった。その代わりに、浜辺の道を走ってくる和馬の姿があった。すぐに何か異変があったに違いないと、理兵衛は察した。

「もしかして……」

駆け寄ってきた和馬は、理兵衛に向かって、

「おい。とんでもないことをしたな」

と大声で言った。

「えっ……何があったのです」

「加代が、おそれながらと奉行所に駆け込んだぞ。どろぼう宿は、自分のせいでやったのであって、女将は関わりないと」

「どういうことです」

不安が込み上げてきた理兵衛の顔は、ぐっすり眠ったはずだが青ざめていた。

「俺も初めは耳を疑ったがな……よく聞け、理兵衛……盗賊の頭《かしら》は、加代自身だとよ」

「えっ……」

「おまえも危うく、味方にされるところだったな。もし、このまま逃げていたら、おまえも同罪だ。加代の仲間にされただろう」

「——ま、待って下さい……」

理兵衛はしがみつくように、和馬の腕を摑んだ。

「加代さんは、何もしてません。左平次という男が操ってたんです」

「その左平次も、『おかめ』の女将も、みんな加代の手下だったんだよ」

「う、嘘だ……」

「嘘だと思うなら……とにかく帰ろう」

和馬は理兵衛の肩を抱いて、

「俺がおまえの身の潔白は証してやる。今度ばかりは、吉右衛門も見当違いをしたようだったからな。あの女は所詮は夕顔……夜にだけ咲いて、朝にはしょぼんと消えている」

「……違う。あの女《ひと》は何もしてはいません。可哀想な生い立ちなんです」

必死に縋ろうとする理兵衛に、優しい態度で、和馬は慰めた。

「分かったから、俺に任せてくれ。悪いようにはしない」

強い潮風が吹いてきて、理兵衛の淡い夢も吹き飛ばされてしまった。

七

北町奉行所のお白洲には、加代を筆頭に、左平次と手下四人、そしてお仙も居並んでいた。いずれもふて腐れたように俯いていたが、加代だけは凜《りん》と背筋を伸ばしていた。

奥の襖《ふすま》が開いて、壇上に現れた北町奉行・遠山左衛門尉は誰が見ても萎縮するような威厳に満ちていた。若い頃は、腕に髑髏の刺青をして、町中で暴れ廻っていたとは誰も思わないであろう。

平伏して迎えた咎人たちに、遠山はゆっくりと声をかけた。

「一同の者、面《おもて》を上げい」

加代は爽やかな顔で見上げたが、左平次たちは渋々と上目遣いで遠山の顔を見た。閻魔《えんま》に睥睨《へいげい》されて萎縮したように、左平次とお仙たちは首を竦《すく》めた。

「水茶屋『おかめ』の女中、夕顔こと加代……に相違ないな」

遠山の問いかけに、加代は素直に頷いた。

「はい。間違いありません」

「吟味方与力の調べによると、おまえは、かつて江戸を荒らしていた『般若の権三郎』という盗賊の頭目の情女《いろ》だとのことだが、それはまことか」

「おっしゃるとおりでございます」

「般若の権三郎はもう五年も前に、上方で捕縛され、江戸に連れてこられて処刑されておる。その折、おまえは手下何人かと逃げたとのことだが、さよう相違ないか」

「そうです」

「手下とは、そこな左平次たちのことか」

「はい。左平次はそうでしたが、他の者は左平次が集めた者たちです」

「うむ……つまり加代、おまえは左平次とつるんで、権三郎が亡き後も盗み働きをしていたということだな」

「はい。そうでもしないと、おまんまの食い上げですのでね」

　きちんと答えたつもりだが、少しばかり蓮っ葉な態度が現れた。だが、殊勝な態度に戻って、加代は頭を下げ、

「悪いのはすべて私でございます。左平次は、権三郎の三番手くらいの手下でしたが、権三郎に命じられて、私を連れて逃げたのでございます。逃れた先が江戸でした……

鈴ヶ森《すずがもり》で処刑になる情夫《おっと》の姿も、この目にしっかり焼き付けたかったからです」

「そこまで惚れていたということか」

「たったひとり、私を助けてくれた人ですから」

「助けてくれた……」

「はい。何処かに身売りでもするしかなかったときに、権三郎が救ってくれたのです。年も随分、離れているし、初めは抵抗がありましたが、夜毎、見知らぬ男たちに金で抱かれるよりはマシだと思いました」

加代は死罪になる覚悟を決めて、すべてを吐露するように言った。遠山もその心中を察したのか、

「苦労したらしいな」

と同情する目で加代を見下ろした。

幼い頃、実家である呉服問屋『伊勢屋』が盗っ人一味に襲われ、二親が死んだことも、遠山は承知していた。その後のことも詳細に話をした上で問い質《ただ》した。

「さような身の上でありながら、何故、盗賊の道を選んだ。尋常ならば、自分の身を苦しめた盗みなど悪いことはせぬはずだ」

「そうでしょうか……」

わずかに、加代の目の片隅が燦めいた。

「親にいたぶられて育った子は、同じように子をいたぶるともいわれます。私も似たようなもので、盗賊に酷い目に遭ったから、誰かを盗みで懲らしめようと思っただけです」

「懲らしめる……」

「ええ。散々、世間から辛《つら》い目に遭わされましたから。何も悪くないのに、こっちが罪でも犯したかのように……ですから、私は世間を見返そうと思ったのです」

「それが盗みをしてきた理由か」

「はい。ですが……」

加代は毅然と顔を遠山に向けると、大きく息を吸ってから真摯に言った。

「でも間違いだってことに、今更ながら気付かされました」

「気付いた、となし
「ある人に教えられたのです。その人も事情のある暮らしをしていましたが、自分に降りかかった運命《さだめ》から目を逸らさず、己ひとりで解決したのです。そして、自分の人生を切り開きました」

「…………」

「考えてみれば、犬や猫だって、我が身に何か起こったからといって、誰かのせいにするわけではなく、自分で危難から脱却します。でも、私ときたら……」

首を横に振りながら、加代は訴えた。

「ですから、左平次は私の言いなりに動いていただけ。そして、左平次といい仲になっていたお仙さんに頼んで、どろぼう宿として使わせて貰っていたのです……世間には、私の方が下っ端に振る舞っていましたが」

せめて自分の子分たちは罪を軽くしたいという思いが、加代にはあったようだ。その気持ちを酌み取って、遠山は左平次とお仙に尋問をした。

「左平次。加代はこう申し立てておるが、さよう相違ないか」

「――恥ずかしながら、加代さんの思い……ありがたく受け止めておりやす……親分、権三郎の女房同然の人だったので、あっしが守らなければと思っておりやしたから、加代さんに従っていたんです、へえ」

殊勝な態度で答える左平次に、遠山はすぐに切り返した。

「おかしいではないか。おまえが般若の権三郎の子分ならば、すぐに分かったはずだ。とうに処刑されたと」

「えっ……」

「なのに、なぜ般若の権三郎と名乗った老人に誘われるままに、江戸城の御金蔵に忍び込もうとしたのだ」

遠山の言葉に、加代も思わず振り向いた。何も知らぬ顔だった。

「いや、それは……」

左平次は一瞬、言い淀んだが、

「それこそ、おかしいと思ったからでやす。何者か、俺は見極めようと思いやした」

「違うであろう。偽者と承知の上で、御金蔵破りと聞いて、上手くいけば一生食うに困らぬくらいの金が盗めると踏んだ。欲をかいたわけだ。が、罠だと気付くのが遅かった」

遠山は、お仙に目を移して問い詰めた。

「おまえはどうだ……本当に、どろぼう宿として、店を貸してただけか」

「は、はい……そうでございます」

「それも違うであろう。おまえと左平次は昔馴染みで、〝ムササビの風太郎〟の手下だった。加代の父親の店、『伊勢屋』押し込んだ一味だったのではないか」

「えぇッ――?!」

吃驚したのは加代の方だった。息も心臓も止まりそうであった。

「言っている意味がさっぱり分かりません」

「さようか。ならば、証人を出す」

鋭い目になった遠山は、蹲《つくば》い同心に向かって頷くと、町人溜まりから、ひとりの老人を連れて入ってきた。かなり背中が曲がっており、蜘蛛《くも》の巣が張ったような白髪は無造作に束ねられているだけで、足が弱いのか杖をついて歩きにくそうだった。

蹲い同心に支えられながら、お白洲の片隅ではあるが、左平次とお仙に顔がよく見えるように座らせた。

無精髭が生えているが、頬から顎にかけて火傷《やけど》の痕があるのが分かる。

「見覚えがないか、左平次」

遠山が訊くと、左平次とお仙はまじまじと見ていたが、「アッ」と声を上げた。悲鳴に近い叫びだった。

「どうやら分かったようだな。誰だ、言うてみよ、左平次」

「…………」

「答えられぬか」

言えば旧悪がばれると思ったのか、左平次もお仙もじっと黙りこくったままだった。

そんなふたりを、加代も不思議そうに見守っている。

「ならば、この遠山が言ってやろう……『伊勢屋』の番頭、久兵衛だ」

「えっ……」

思わず声を洩らしたのは加代だった。幼い頃だったから、はっきりとは顔を覚えていない。二十年も前のことだから、仕方のないことである。だが、左平次とお仙は様子が違った。明らかに怯えた顔をしている。

遠山はふたりの表情を凝視しながら、久兵衛に証言するよう促した。

「へえ……」

久兵衛は深々と頭を下げると、火傷の痕を左平次に向けて、嗄《しやが》れ声で言った。

「この火傷は、そいつに投げられた薬缶《やかん》の熱湯を浴びてできたものです……随分と昔のことですが未だに……」

左平次は思わず目を逸らしたが、久兵衛は淡々と続けた。

「私は、『伊勢屋』の番頭をしておりましたが、何度か客として現れた〝ムササビの風太郎〟こと、安兵衛《やすべえ》という男に籠絡され、盗みの手引きをすることになりました」

「えっ……」

加代は信じられないと首を横に振った。

「申し訳ありやせん、お嬢さん……まさか、旦那さんが首を吊るとは思いもせず……

でも、こんなことを言ってはなんですが、旦那様も相当のしたたか者でして、なんやかやと賄賂をお役人に渡してました……だからといって懲らしめたいと思ったわけじゃありません……私は〝ムササビの風太郎〟に脅されて、言いなりになったのです」

遠山もお白洲を眺めながら、黙って聞いている。

「ですが、手引きをしたということは、仲間も同然。私は事もあろうに分け前まで貰って、一時は風太郎の子分になってしまいました。とんでもないことをしました」

「後悔しておるのか」

問いかける遠山に、久兵衛は縋るように答えた。

「申し訳ございません。私が邪《よこしま》なことをしたばっかりに……恩義ある人を裏切り、その娘さんまで、地獄に落としてしまいました……そこにいる左平次やお仙も同じです。私も極刑をもって罪をあがないたいと思います」

名指しされた左平次とお仙は恨みがましい目つきで、久兵衛を見ていた。その久兵衛の膝に何処から降りてきたのか、小さな蜘蛛が載って、ゆっくり這い出した。

久兵衛はその蜘蛛を掌に載せ、傍らに逃がしてやった。白い砂利の上を、蜘蛛は急いで床下の方へ逃げていった。

「ほう……随分と慈悲のある奴よのう」

遠山が声をかけた次の瞬間である。左平次の頬が醜く歪んで、

「おまえ、誰だ……」

と久兵衛に声をかけた。

「確かに見たような顔だが……久兵衛じゃあるめえ……奴は蜘蛛が死ぬほど大嫌いなんだ。おまえは偽者だろう」

「そういや、こんな小さな蜘蛛だって、耳に入ってくると嫌がってた。縁起のいい朝蜘蛛だって容赦なく叩き殺してた」

お仙も追随するように声を荒げた。

すると、久兵衛は困惑したように俯き、もじもじとし始めた。

遠山もその様子を見て、鋭く目を細めた。

八

「ほら、もっとよく顔を見せてみろ……よくできてるが、その火傷の痕《あと》も作り物くせえ。お奉行様、篤と見てやって下せえ」

勢いづいた左平次は、遠山を促すように申して立てた。

「――久兵衛……もそっと近う寄れ」

遠山に言われるがままに、久兵衛は渋々といざり寄って、顔を見せた。

「なるほど。左平次が言うとおり、巧みに作られてはいるが、本物ではなさそうだ。おい、きちんと調べてみよ」

蹲い同心に命じると、お白洲の片隅に連れていき、それは歌舞伎など芝居で使う石膏に染料を混ぜて作ったものだと分かった。

「やっぱりな。おまえが生きてるわけがねえんだ」

思わず言った左平次に、お仙は「よしな」と手で払う仕草をしたが遅かった。遠山はジロリとふたりに目を移すと、

「おまえが生きてるわけがねえ……とは、どういう意味だ」

「あ、いえ……胡散臭《うさんくさ》い奴だと思ったまでですよ」

「久兵衛のことは知ってるということだな。死んだことも含めて」

「…………」

「どうなんだ」

「――知りやせん。何の話でしょう。お奉行様の空耳《そらみみ》じゃありやせんか」

左平次は居直ったのか、すっ惚《とぼ》けて顔を背《そむ》けた。だが、遠山はこれまでの冷静な態

度からガラッと変わって、

「俺の耳が遠いとでも言いたいのか、三下」

「えっ……」

「こちとら長い間かけて、『おかめ』が〝どろぼう宿〟だと調べ出したんだ。すっ惚ける性根がもう腐ってやがらあ」

「般若の権三郎ってなあ、俺も昔から知ってるがよ、おまえたちのようなクソ野郎と違って、義賊ってやつだ。楽して儲けた金持ちから、苦労しても貧乏な者に分けてやり、ちったあ世の中を平《なら》そうって心構えがいいじゃねえか」

　遠山はズイと腰を上げて、腕まくりをすると、

「冥途の土産に見せてやらあ。俺も若い頃は、髑髏の金次と呼ばれたロクデナシだがな、人の命を奪う輩はどうでも許せねえんだよ」

　と腕に彫られている髑髏の刺青を露わにして、まるで歌舞伎役者のように目を見開いて、ふたりを睨みつけた。

「おめえ……まさか、嘘だろ……」

「たまに兄貴の下で『おかめ』の用心棒をしてた金次でさ」

　ふざけた口調で遠山が言うと、左平次とお仙は信じられないという顔をしていたが、

観念したように項垂れた。

「久兵衛に火傷を負わせた上で、谷底に突き落とした話は、酒の肴《さかな》に何度か話してくれたな。なあ、お仙……『伊勢屋』から金を盗んだ後は、手引き役の久兵衛を始末し、その上で、親分の風太郎まで殺して、おまえたちふたりはトンズラをこいた」

「…………」

「あれから二十年……まだガキ同然だったおまえたちも、いい年だ。さぞや、幸せな人生だっただろうなあ。だが、悪行の限りを尽くした奴は、終《しま》いには地獄に落ちる」

遠山は毅然と座り直すと、

「死罪と遠島は評定所《ひょうじょうしょ》にて、改めて詮議してから裁決することになってるが、打首か獄門は免れまい。楽しみにしておれ」

と野太い声で、項垂れる左平次とお仙に言い放った。

翌日には、ふたりの処刑が決まり、一日だけ牢に留められて後、鈴ヶ森に送られた。

油問屋『えびす屋』に、理兵衛は戻り、日がな一日、ぼんやりと過ごしていた。加代を連れて逃げようとしたことが、もう何ヶ月も前の遠い出来事のように思えていた。

その加代も、お白洲での左平次とお仙をかばう証言が嘘で、盗っ人の一味だったことも名ばかりだったので、江戸払いになったと、古味から聞かされていた。

江戸払いとは、品川《しながわ》、板橋、千住、本所、深川、四谷《よつや》木戸以内での居住が禁止される。追放された者を隠し置いた者などが処される軽い刑だ。遠山は加代の身の上を鑑《かんが》み、悪意もさほどないことから同情したのであろう。

詳しい話は知らないが、左平次とお仙は、加代を盗みに入った『伊勢屋』の娘とは知らずに、水茶屋の女として使っていた。これも、運命の皮肉とでもいえようか。

「ごめんなさいよ」

声があって、吉右衛門が和馬と一緒に入ってきた。

手土産だといって、和馬が袱紗を手渡すと、理兵衛は自分のものだと気付いて、不思議そうに見やった。

「これは……」

「おまえがお加代にやろうとしたものだ」

「でも、この金は……」

「お白洲での調べの中で、おまえから奪ったと左平次が吐いたから、お奉行の遠山様から預かってきた。長年かけて貯めたものだそうじゃないか。大切にしな」

「――ありがとうございます……」

とは言ったものの、理兵衛は意気消沈したままだった。

「そんな顔をしてると、加代が悲しむぞ」

「え……」

「おまえに情けをかけられて、あの女はすべてを話そうと心が変わったそうだ。理兵衛さんともっと早く出会っていたら、自分もやり直せていたかもしれない、とな」

「そんな……俺の親父たちが悪いんです……可哀想すぎます」

どんより沈んだ表情の理兵衛に、吉右衛門は何がおかしいのか、声を殺して笑った。

「そんなこと言っちゃって、本当は可愛いから助けたかっただけでしょ。これが、店の名前どおり、ほんとうにおかめだったら、油を届けにも行かなかったでしょうが」

「いや、そんなことは……」

「ま、それはともかく、加代はこれから、まっとうに生きていくと誓ってましたよ。お白洲で、お奉行様にね」

「お白洲で……どうして、そのことを？」

不思議そうに訊く理兵衛に、和馬の方が答えた。

「その場にいたからだよ。お白洲に」

「えっ。そうなのですか」

「もっとも、久兵衛という『伊勢屋』の番頭に扮装してな。もちろん、遠山のお奉行様も承知の上でだ」

「？……どういうことです」

さらに訝しげに見る理兵衛は、微笑むふたりの顔を見比べていた。吉右衛門は、

――左平次は『伊勢屋』を襲った盗っ人の一味だ。

と伝えてから、お白洲での顚末を話した。

「……盗みの手引きをした久兵衛は、その直後、町方の調べに対して、理兵衛さん……あなたの親父さんが捕まったときに、『こいつが仲間にいた』と証言したが、それは真っ赤な嘘だったんだ」

「！……」

驚きのあまり、理兵衛は言葉が出なかった。

「たしかに『伊勢屋』の近くにはいたらしい……賭場で稼いだ金で、大酒を飲んでな」

「…………」

「その夜、梯子酒をしてから、かみさんとあなたがいる長屋に帰ったところを、町方同心に捕まったのだ」

吉右衛門は気の毒そうな顔になって、

「つまり、あなたの親父さんは、無実の罪で裁きを受けたことになる」

「そ、そんな……」

「親父さん自身、そう訴えていたそうだが、その当時の町奉行は、お白洲でも聞く耳を持たず、仲間の行方を執拗に吐かせようとしたそうだ。知るはずもないのに……」

「うっ……」

理兵衛は両肩を落として泣き崩れた。どうしようもできないことは分かっているが、あまりに理不尽な事実に嘆くばかりだった。

「遠山様は改めて、詫びたいと話している。自分の過ちではないが、同じ町奉行として、あってはならぬことを恥じ入り、深く肝《きも》に銘じておくとね」

「――あ、ありがたいお言葉……」

「だから、あなたは罪人の息子ではないんだ。これまで立派に生きてきた理兵衛さんには、もう余計なお世話だろうが、負い目を感じることはないんですよ」

「そうでしたか……ああ、良かった……親父が罪を犯すような人間ではなかった……それが分かっただけでも……おふくろにも、そう伝えてやります」

奥の部屋にある仏壇を、理兵衛が振り返ると、和馬は優しく声をかけた。

「伝えなきゃいけないのは、もうひとつある。加代のことだ」

「……はい」

「江戸払いになったが、軽い刑ゆえ、後見人預かりにしてもよいとのことだ。しかし、信じるに足る後見人がいない場合は、江戸から出ていかなきゃならない」

「そうなんですか」

「だから、一旦、俺が預かることにした。これでも、旗本の端くれなのでな」

「とんでもございません」

「でだ……知ってのとおり、うちは貧乏旗本で、女ひとりとはいえ食わせる米がない。奉公人はその吉右衛門だけで、十分だしな。だから、おまえを新たな後見人に任ずる」

「えっ……ええ？」

吃驚した理兵衛の肩を、和馬は軽く叩いて、

「今丁度、富岡八幡宮の宮司に頼んで厄払いをして貰ってるところだ。自分のせいではないのに、これまで降り積もった穢《けが》れを取り除くためにな」

「…………」

「さあ、迎えに行ってやれ」

「高山様……」

「これまで苦労をしたぶん、ふたりで幸せになれよ」

和馬は理兵衛の背中をポンと追いやった。よろめくように表に出た理兵衛は、思わず富岡八幡宮の一の鳥居の方を見た。

参道は、理兵衛たちの身の上や悲しみなど関わりがないように賑わっている。あちこちから笑い声や楽しそうな話し声が聞こえてくる。思えば、心の底から喜んだことなどない歳月だった。それは、加代も同じだったに違いない。

俄に、加代のことが愛おしく思えてきた。会って抱きしめて、絶対に放したくないという願いが込み上がってきた。

理兵衛はまた泣き出しそうになるのを我慢しながら、一歩、二歩と一の鳥居の方へ向かい始めると、解き放たれた犬にように富岡八幡宮に向かって駆け出した。

その姿は、善男善女で溢れている人混みの中に紛れていった。

「――和馬様……」

見送っていた吉右衛門が声をかけた。

「私は、加代をしばらく高山家で留めておいてから、理兵衛には、嫁として送り出しても良かったのではないかと思いますがね」

「バカを言うな。そんなことしたら、理兵衛の方が思い余って、何もかもやる気がなくなるかもしれぬ。そう思ってな」

「おや。女房もおらぬ和馬様が、さような心遣いができるのですか。あ、いやいや、良き伴侶がいれば元気になれると分かっているならば、和馬様もお貰いになったら如何です」

「姉上のようなことを言うな。俺はなんというか……雲のように流れているのが性にあっていると思うし……」

「ほら、向こうから愛《いと》しの君が駆けてきてますよ。もうひとりの和馬様とは、すんごい仲になったという娘が」

人混みの中から、今度は千晶が駆けてくるのが見えた。

「和馬様！　お待たせしました、和馬様あ！」

「誰も待ってねえし……あの女はどうも苦手だ。自分だけがいない世に行ってたとか、ぜったい頭、おかしいよ」

和馬は踵《きびす》を返して、永代橋《えいたいばし》の方に向かって小走りで立ち去った。その姿に追いすがるように、千晶は辺りを憚《はばか》らず、和馬の名前を大声で呼んでいる。

「はてさて、逃げられるかどうか……楽しみでございまするな」

吉右衛門が声を出してカンラカンラと笑っていると、

隅田川の土手の桜の花は、少し開いてきた。

と手代の吉松が桶を持ってきて、水撒きを始めた。

「梅は咲いたか、桜はまだかいな……おや、隅田川の土手の桜の花は、少し開いてきたようですなあ。あ、こりゃや、こりゃや」

扇子《せんす》を広げると、躍《おど》るような仕草をしながら、吉右衛門も歩き出した。

江戸には透き通った青空が広がり、めおと雲雀《ひばり》が鳴きながら飛び交っていた。どこからともなく心地よい春風が吹き、富岡八幡宮の一帯は幸せな香りに包まれていた。

二見時代小説文庫

狸穴《まみあな》の夢《ゆめ》　ご隠居《いんきょ》は福《ふく》の神《かみ》5

二〇二一年　三　月二十五日　初版発行

著者　井川香四郎《いかわこうしろう》

発行所　株式会社　二見書房
〒一〇一-八四〇五
東京都千代田区神田三崎町二-一八-一一
電話　〇三-三五一五-二三一一［営業］
　　　〇三-三五一五-二三一三［編集］
振替　〇〇一七〇-四-二六三九

印刷　株式会社　堀内印刷所
製本　株式会社　村上製本所

ISBN978-4-576-21025-4
https://www.futami.co.jp/

青田 圭一

奥小姓裏始末

シリーズ

以下続刊

① 奥《おく》小《ご》姓《しょう》裏始末1 斬るは主命
② ご道理ならず
③ 福を運びし鬼

竜之介さん、うちの婿にならんかね——。

故あって神田川の河岸で真剣勝負に及び、腿を傷つけた田沼竜之介を屋敷で手当した、小納戸の風見多門のひとり娘・弓香。多門は世間が何といおうと田沼びいき。隠居した多門の後を継ぎ、田沼改め風見竜之介として小納戸に一年、その後、格上の小姓に抜擢され、江戸城中奥《なかおく》で将軍の御側近くに仕える立場となった竜之介は……。

森 真沙子

柳橋ものがたり

シリーズ

以下続刊

① 船宿『篠屋《しのや》』の綾
② ちぎれ雲
③ 渡りきれぬ橋
④ 送り舟
⑤ 影《かげ》燈籠《どうろう》
⑥ しぐれ迷い橋

訳あって武家の娘・綾は、江戸一番の花街の船宿『篠屋』の住み込み女中に。ある日、『篠屋』の勝手口から端正な侍が追われて飛び込んで来る。予約客の寺侍・梶原だ。女将のお簾は梶原を二階に急がせ、まだ目見え（試用）の綾に同衾《どうきん》を装う芝居をさせて梶原を助ける。その後、綾は床で丸くなって考えていた。この船宿は断ろうと。だが……。